Marie-Chantale Gariépy

Un besoin
de vengeance

la courte échelle

Les éditions de la courte échelle inc.
5243, boul. Saint-Laurent
Montréal (Québec) H2T 1S4
www.courteechelle.com

Direction littéraire :
Anne-Sophie Tilly

Révision :
Vincent Collard

Infographie :
Roger Des Roches

Dépôt légal, 2e trimestre 2008
Bibliothèque nationale du Québec

La courte échelle reconnaît l'aide financière du gouvernement du
Canada par l'entremise du Programme d'aide au développement de
l'industrie de l'édition pour ses activités d'édition. La courte échelle
est aussi inscrite au programme de subvention globale du Conseil
des Arts du Canada et reçoit l'appui du gouvernement du Québec par
l'intermédiaire de la SODEC.

La courte échelle bénéficie également du Programme de crédit d'impôt
pour l'édition de livres — Gestion SODEC — du gouvernement du
Québec.

**Catalogage avant publication de Bibliothèque et Archives nationales
du Québec et Bibliothèque et Archives Canada**

Gariépy, Marie-Chantale

    Un besoin de vengeance

    (Ado ; 44)
    Pour les jeunes de 12 ans et plus.

    ISBN 978-2-89021-953-3

    I. Pilote, Jacinthe. II. Titre. III. Collection.

PS8563.A647B47 2008   jC843'.54   C2007-942382-5
PS9563.A647B47 2008

Imprimé au Canada

Marie-Chantale Gariépy

Née à Montréal, Marie-Chantale Gariépy est l'auteure de plusieurs nouvelles et romans. Elle a aussi été rédactrice en chef du *Ego Magazine*. Côté cinéma, elle a scénarisé des courts métrages et elle travaille actuellement à son premier long métrage de fiction. Depuis quelques années, Marie-Chantale Gariépy étudie le chant. Elle sait également, comme son père, faire des feux d'artifice. Mais sa grande passion, ce sont les voyages, pour le plaisir du dépaysement et de la découverte. *Un besoin de vengeance* est le premier roman qu'elle publie à la courte échelle.

Marie-Chantale Gariépy

Un besoin de vengeance

la courte échelle

1

Nager au cœur d'un cauchemar. Ce n'est ni chaud ni froid, un cauchemar. C'est d'une insupportable tiédeur. Je n'en peux plus de cette eau visqueuse qui stagne à perte de vue autour de moi. Aucune bouée à laquelle me raccrocher ni embarcation où me hisser. Rien. Partout le même horizon glauque. Je me sens devenir algue. Adieu, colonne vertébrale. Quand je pense que j'aurais pu nous éviter toute cette peine… Ce que j'ai pu être stupide ! J'ai agi sans réfléchir, comme si je ne disposais que d'un seul neurone. Scott : le garçon uni-neuronal. Celui qui ne pense pas avant de blesser.

Depuis ce jour-là, Nikkie refuse obstinément de me parler ; impossible de lui exposer ma défense. Elle m'a condamné sans appel avant même que j'aie pu plaider ma cause. Fermée comme une huître et muette comme une carpe, elle a laissé dans son sillage mon cœur à la dérive. J'ai perdu

mon ancre. *Mayday, Mayday, Mayday*[1]…
Ça rend poète, la tristesse.

Notre dernière dispute m'avait fait conclure que c'était fini entre nous.

Terminé, *basta*[2], *adiós*[3]. Jamais auparavant Nikkie n'avait eu ce ton si brutal, si féroce, si définitif.

— Tu ne penses qu'à ça ! J'en ai assez de ta pression !

— Ça fait presque un an que je t'attends, Nikkie ! J'ai atteint ma limite !

— Alors laisse-moi mettre un terme à ton supplice, pauvre imbécile ! Tu n'as plus de patience ? Eh bien ! moi non plus !

Elle a tourné les talons, furieuse. J'en ai déduit que c'était fini. N'importe qui aurait tiré la même conclusion.

Puis ce matin maudit, trois jours plus tard, Nikkie est venue à l'appartement, plus encline à discuter après cette pause. Peut-être même un peu repentante, prête à reconnaître ses torts et à oublier les horreurs prononcées ? Sauf que…

---

1. *Mayday* : en navigation maritime, formule utilisée pour signaler un message de détresse. Il est d'usage de la répéter trois fois.
2. *Basta* : «Assez», en italien.
3. *Adiós* : «Adieu», en espagnol.

Ce qu'elle a découvert en ouvrant la porte de ma chambre lui a donné un coup de fouet, c'est peu dire. La voix pleine de hargne, elle a appuyé sur chaque syllabe de sa phrase assassine :

— Je disparais pour réfléchir, et voilà ce que vous faites dès que j'ai le dos tourné ? Moi qui venais te demander pardon… Regarde-moi, Scott, regarde-moi bien. Parce que c'est la dernière fois que tu me vois ici, espèce de traître.

J'avais eu la faiblesse d'échouer dans un port d'escale. Et pas n'importe lequel : celui d'Amélie, la meilleure amie de Nikkie. En l'espace d'un dixième de seconde, je venais de rafler le titre de déchet de l'Univers. J'ai eu beau enfiler mon jean à la vitesse de l'éclair, courir derrière elle dans la rue, torse nu et nu-pieds, la supplier à genoux sur l'asphalte, jamais elle ne s'est retournée.

Ne pouvait-elle passer l'éponge sur mon inconduite, puisque j'avais cru que c'était fini ? Il semblait bien que non. Je me suis résigné. Je savais que j'avais tort.

Les filles ont un mystérieux radar. Aussitôt brisée l'amitié entre Amélie et Nikkie, Christine et Cynthia se sont collées à mon ex. Je ne comprendrai jamais pourquoi les filles se racontent tout, s'aiment autant puis se déchirent ainsi. Des fois, je me dis que ça ressemble à l'amour.

Sans doute s'en sont-elles donné à cœur joie en déblatérant sur mon compte. Une réputation de mauvaises langues, ça se mérite! Je me méfie d'instinct de ces chipies, et elles me le rendent bien, je crois. Leurs regards méprisants, que je soutiens par orgueil, parviennent quand même à me faire me sentir minable.

Ça fait deux semaines que Nikkie ne répond ni à mes courriels, ni à mes textos. Elle a modifié sur son cellulaire la sonnerie que nous avions téléchargée ensemble, elle passe devant moi sans m'accorder la moindre attention. Elle a aussi barbouillé de feutre noir notre photo collée sur son carnet de notes. Elle le tenait bien en évidence à l'école aujourd'hui pour que je m'en aperçoive. (Mission accomplie: je n'ai vu que ça.) Surtout, elle a glissé dans une enveloppe sous ma porte la bague que je lui avais offerte. Son attitude de vierge offensée me frustre. Dans ses yeux je lis de la rancune. Pire: un besoin de vengeance.

Je sens qu'elle va me faire payer encore longtemps.

L'encre de mon stylo, c'est mon sang. Tu m'as blessée. Vous m'avez flouée. La vision de vos corps enlacés continue de me hanter depuis que j'ai refermé cette maudite porte.

Je t'aime, tu me fais mal.

Te quiero, me haces daño.
I love you but it hurts.

⌇

Assise en bas des escaliers de l'immeuble, j'attends avec Sin que Christine nous rejoigne. Sin, c'est le surnom de Cynthia — une sorte de diminutif, mais avec une signification : elle est gourmande et aussi un peu envieuse à ses heures*.

Elle arrache une à une les petites fleurs blanches de la haie. J'ai l'impression d'entendre chacune crier.

— Arrête ! C'est crispant !

— Je ne m'en rendais même pas compte. Dis donc, j'ai remarqué que tu ne portes plus ta veste de cuir ?

---

* *Sin* : péché, en anglais. Dans la religion catholique, la gourmandise et l'envie sont deux des sept « péchés capitaux ». Les cinq autres sont l'avarice, la luxure, la paresse, la colère et l'orgueil.

— Je suis passée à autre chose.

— Ah. Tu me la donnes alors ?

— Pas question.

— Pourquoi ? Tu veux l'encadrer ?

— Épaisse ! Attachement sentimental, ça te dit quelque chose ?

— « Oh ! Scott ! Mon chéri, tu me manques tant ! Reprends-moi, mon chéri ! »

— Tu es vraiment trop nulle, Sin.

— Ben quoi ? Je suis sûre que s'il te demandait de revenir, tu irais le rejoindre en courant.

— Depuis quand es-tu si sûre de toi ? C'est mal me connaître. Je ne pardonne pas comme ça, moi.

— Amélie n'est pas mieux que lui dans cette histoire, je te ferai remarquer.

— Tu crois que je ne le sais pas ? Ne me parle plus d'elle, O.K. ?

Pendant que Sin et moi réglons nos comptes, Christine sort de chez son père avec son sac rempli de vêtements pour la fin de semaine. Cette fille est incroyable, elle trouve le moyen de se changer trois fois dans une journée.

— De qui ne doit-on pas causer, mesdemoiselles ? Ah ! Laissez-moi deviner…

Je déteste ça quand Chris me raille avec

son ton débile et son petit accent parisien.

— Améliiiiie ? Il ne faut pas prononcer le nom maudit d'Améliiiiie ?

— Arrête, Chris ! l'interrompt Sin. Ce nom-là, c'est comme des ongles sur un tableau noir !

Elle est un peu de mauvaise foi, Sin, quand elle s'y met. Elle-même m'agaçait il y a une minute à peine, et la voilà qui monte aux barricades pour me défendre !

— Oh, excusez-moi ! Pff, si on ne peut même plus rigoler… Allons-y, j'ai les fringues qu'il me faut pour le week-end, déclare la Française.

Je pointe son énorme sac :

— Tu veux dire pour un mois…

Elle me dévisage.

— Dis donc, c'est quoi ce bouton ?

— Où ça ?

Chris me plante l'index en plein front.

— Oh ! là, là ! Tu n'es pas en SPM en plus ?

— En plus de quoi ? !

C'est le stress. Quand je suis stressée, un bouton me pousse. Un petit bouton. J'aurais dû le cacher avec du fond de teint.

Je hausse les épaules. Ça commence à bien faire ! Je ne suis plus certaine de vouloir passer la fin de semaine avec ces deux-là.

— On ne peut pas être simplement de mauvais poil par ici ? grogné-je.

Sin et Chris échangent une œillade entendue.

— C'est bien ce que je pensais : SPM, poursuit Chris. C'est pour quand, tes ragnagnas ?

— Mes quoi ?

— Tes ra-gna-gnas. Tes menstruations. Tes règles. Ta mauvaise semaine du mois.

— Allez, ne sois pas timide, dis-nous quand ! insiste Cynthia.

— Après-demain, docteur, marmonné-je.

— Et voilà ! Pile poil ! Tu as les émotions en montagnes russes : c'est normal, c'est hormonal. Viens par ici, ma chérie, nous, on comprend ça, on peut s'occuper de toi.

Cynthia consulte sa montre.

— Oh ! Il faut se grouiller, sinon on va être en retard aux cours de l'après-midi.

Nous nous regardons en silence, sans manifester la moindre hâte… puis éclatons de rire. Mes copines sont tannantes, c'est vrai, mais assez rigolotes au fond ; je suis contente qu'elles soient là. Il n'est pas recommandé de rester seule quand le moral est bas, sous peine qu'il ne dégringole encore plus. Le problème, avec le fond du baril, c'est qu'on ne peut pas connaître sa profondeur tant qu'on ne l'a pas atteint. Et après, il faut remonter.

Bien s'entourer, c'est enrayer sa mauvaise haleine psychologique. Avant, pour me vider le cœur, il y avait Amélie. Ma meilleure amie... mon ex-meilleure amie. Je lui disais tout, du moins tout ce qui restait en suspens même après que j'ai écrit. Parce que mon vrai confident, c'est mon carnet. Sans lui, je ne peux pas vivre.

L'encre tache parfois les doigts, c'est vrai. Les êtres humains, eux, peuvent vous salir vraiment.

Alors *adiós* Amélie, bonjour les filles ! Au milieu du semestre, Christine a débarqué de sa France natale avec son père diplomate. Cynthia, elle, vient d'un petit village de la Côte-Nord et habite Montréal depuis deux ans seulement. Sin la déracinée et Chris l'étrangère sont tout de suite devenues amies. Moi, je suis une fille de la ville jusqu'au bout des ongles. Avec la panoplie de névroses que cela implique. Mais l'art me sauve.

Nous déambulons tranquillement toutes les trois rue Marcil, bras dessus, bras dessous, en direction de l'école. Un vendredi, pourquoi se presser ?

— En SPM, j'ai mal aux seins, dit Chris. Pas vous ?

— Il faut vraiment que tu t'inscrives en biologie au cégep l'an prochain, me moqué-je en levant les yeux.

— Pff, fait-elle avec une mine faussement offusquée. Pourquoi dis-tu ça ?

— C'est ta vocation, rétorque Sin. Faudrait pas passer à côté !

Nous arrivons avec un léger retard, mais je suis de bien meilleure humeur ! Nous nous séparons dans le corridor et filons vers nos classes respectives. Heureusement pour les profs, nous n'avons pas trop de cours en commun. Sinon, bonjour la turbulence !

~

Please tell me this didn't take place
Please tell me you'll erase all traces
Do you expect me to forget?
Your betrayal — your name, just yet? *

---

* «Je t'en prie, dis-moi que cela ne s'est pas produit, dis-moi que tu en effaceras toute trace. T'attends-tu à ce que j'oublie ? Ta trahison — ton nom, déjà ?»

2

Nikkie et moi avons commencé à nous fréquenter en quatrième secondaire. Je l'avais repérée — ce disant, je me fais l'effet d'un chasseur repérant sa proie, l'assurance en moins — au café Beignes Plus («le BP», pour les habitués), où j'allais passer mes périodes libres. Le BP n'est pas exactement un endroit branché. Mais traîner dans la cour entre les grappes de fumeurs agglutinés, ça ne m'intéressait vraiment pas. J'ai perdu mon père à cause du tabac, alors disons que ça m'est resté en travers de la gorge. J'aurais pu bouquiner à la bibliothèque de l'école, elle est assez bien pourvue; mais pour l'ambiance, on repassera. Je m'en tenais donc à quelques bons emprunts : Kerouac, Carver, Bukowski. Pour la lecture, rien de tel qu'une bonne vieille banquette défoncée du BP, un peu d'agitation alentour, des bruits, des bribes de conversations que je capte quand l'attention que je porte au texte se relâche.

Lever les yeux de la page sans la quitter complètement, me balancer entre deux mondes, celui de la fiction réaliste d'un livre et la réalité plutôt fictive du BP. Moi, j'aime bien ce côté *L'Amérique m'inquiète*[*].

Nikkie s'asseyait immanquablement à la table du coin. Elle commandait un biscuit au chocolat chauffé (au micro-ondes, ça ramollit, les pépites de chocolat fondent — elle m'a converti à ce plaisir par la suite) avec un café filtre semi-corsé. Sur sa table, l'incontournable carnet où elle gribouillait quelques notes sur une portée tracée à la main, puis écrivait des paroles de chansons, des poèmes qui ressemblaient à d'étranges listes ou à des bulles d'esprit, des pensées en anglais, en français, parfois même en espagnol. Une sorte de *scrap-book* de mots qui me fascinait. J'avais appris que son père était anglophone, comme le mien. Je voyais aussi qu'elle appréciait autant que moi la paix du BP.

Avant que mon courage ne s'étiole, je me suis décidé à l'approcher.

— Tu n'as pas de cours ?

---

[*] Essai de l'écrivain français Jean-Paul Dubois. À travers notamment son observation du comportement des Américains dans certains lieux publics (bars, hôpitaux, tribunaux, etc.), l'auteur y illustre la décadence de leur société.

— Oui…

Elle avait hésité avant de poursuivre. Elle m'examinait, jaugeait à qui elle avait affaire…

— J'ai éduc, mais ça ne me tentait pas.

C'est vrai que le sport n'a jamais été son truc, à Nikkie. D'ailleurs, elle a conservé son gras de bébé qui lui dessine une jolie face de lune dont il ne faut pas parler, ça la vexe. Elle est susceptible.

C'est comme ça qu'a débuté notre première véritable conversation. Pendant des mois, on ne s'était que salués — du même salut qu'on lance, désinvolte, à la serveuse du BP qu'on rencontre tous les jours sans vraiment la connaître. Mais j'avoue qu'avec Nikkie mon salut devenait intéressé, se chargeait de non-dits. Je crois même qu'il trahissait mon envie de lui parler pendant des heures.

— Je peux m'asseoir avec toi ?

— O.K.

Elle a refermé son carnet et l'a rangé dans son sac. J'ai déposé mon café (que je prends corsé, c'est plus viril) puis replacé sur le dossier de la chaise son manteau qui avait glissé. J'ai remarqué qu'il sentait la vanille.

J'ai compris plus tard l'exception qu'elle avait faite à sa règle. Les moments de création au BP étaient privilégiés pour Nikkie. Même sa meilleure copine était bannie de cet étrange atelier.

Elle a désigné le large pansement de coton sur mon biceps gauche.

— C'est un tatouage ?

— Ouais.

— Il représente quoi ?

— Une tête de mort avec une rose entre les mâchoires.

— Tu me niaises ?

— Ben non. Pourquoi ?

— C'est pas un peu morbide… et cliché ?

— Pas du tout.

— Ça signifie quoi alors ? Le macabre ? Les fleurs qui piquent ?

— Le baroque et le romantique. L'homme, la femme, l'éternel, la beauté. Le danger de l'illusion.

Son regard venait de changer, il brillait maintenant. Commençait-elle à me trouver un peu moins insignifiant ? Ou se moquait-elle de moi ?

— Et toi ? As-tu un tabou ?

— Un « tatou », tu veux dire ?

— Lapsus, ai-je bredouillé pour m'excuser.

Elle me dévisageait en souriant.

— Non… Pas encore.

— Si tu veux t'en faire faire un, je connais une place pas chère, rue Ontario.

— Je ne suis pas pressée. J'attends d'être certaine de choisir une image que je ne regretterai pas. Un tatouage, ce n'est pas comme un *piercing* : c'est permanent. Alors il doit représenter quelque chose de fondamental pour moi.

Sa réponse était profonde, réfléchie. Cette fille était aussi intelligente que jolie. Voilà sans doute pourquoi elle n'avait pas de copain, du moins à ma connaissance. Les garçons craignent les filles belles et brillantes. Mais moi, je suis d'une autre trempe.

— Tu as raison, ai-je approuvé. Et tu te le feras tatouer où ?

— Soit sur l'omoplate, soit sur le mollet, selon sa dimension.

— Pourquoi pas sur un bras ?

— Non, les bras c'est pour les gars.

— À New York, plein de filles ont des tatous sur les bras.

— Comment le sais-tu ?

— Mon frère a travaillé à Brooklyn l'été dernier, j'y ai passé trois semaines.

— Ah bon.

Ça n'avait pas l'air de l'impressionner.

— Dans le bas du dos, alors ? Ça c'est vraiment pour les filles, elles ont toujours leur tatouage là.

— Raison de plus pour le mettre ailleurs !

— Mademoiselle ne veut pas ressembler à tout le monde ?

— Eh bien, non. Mademoiselle n'est pas comme tout le monde, justement, et elle t'emmerde. Salut.

C'est ainsi qu'on est retournés à la case départ. Mais avec tout de même un sourire d'avance. Je me suis donné jusqu'à la fin de l'année scolaire pour la séduire. Nous étions en mars.

～

L'auditorium était bondé d'une foule en délire pour le concert de S & H. Josh m'avait pris avec lui comme aide-technicien de son, pour brancher les câbles et les ordinateurs portables. Notre console trônait au milieu du parterre, juste devant la barrière de sécurité. L'emplacement idéal pour voir le spectacle. Sur la plateforme surélevée, derrière nos chaises, les journalistes s'apprêtaient à filmer l'ouverture ; ils devraient partir après les quatre premières chansons et c'est là que s'installeraient les heureux possesseurs de billets de faveur. Ces quelques privilégiés auraient la vue du siècle ! Toujours plein de ressources, mon frère Josh avait séduit l'attachée de presse de H, une certaine Virginia. Elle m'avait déniché un billet que j'avais offert à Nikkie.

Installée à côté de Josh, Virginia étudiait les moniteurs de la captation vidéo. Après le spectacle, elle livrerait ses commentaires au groupe et surtout affronterait la horde de journalistes, de fans et de VIP qui se bousculeraient vers les loges après le dernier rappel.

C'est alors que je l'ai aperçue, en petite robe noire, un sac en bandoulière. Avec ses longs cheveux bruns détachés qui lui frôlaient les fesses, Nikkie passait rarement inaperçue. Encore moins quand elle s'est plantée devant le mastodonte de la sécurité qui contrôlait l'accès à la section parterre. Je me suis dirigé droit sur ce bœuf soufflé aux hormones en lui tendant mon insigne :

— C'est bon, elle est avec moi.

— O.K., mademoiselle, allez-y.

En s'écartant pour passer, ce gros sans-gêne lui a examiné le cul. Les gars comme lui nuisent au reste de la gent masculine. À cause d'eux, on se traîne des réputations de crétins.

— T'as pas eu de mal à trouver?

— Non, non, ils avaient bien mon nom au guichet. Je n'ai eu qu'à montrer une pièce d'identité.

— Tant mieux. Tu vois, on est vraiment près de la scène. Installe-toi, je reviens bientôt. On a donné un gros coup, il me reste seulement deux, trois trucs à terminer et j'ai quartier libre.

Tandis que je branchais les portables, je sentais le regard de Nikkie dans mon dos. Malgré son sale caractère, elle semblait se laisser peu à peu amadouer.

Une fois que les journalistes ont eu quitté la plateforme, j'ai rejoint mon invitée qui, à en juger par l'éclat de ses yeux, adorait le spectacle. Elle connaissait les paroles de chacune des chansons et dansait langoureusement, inconsciente de sa beauté. Ce qu'elle bougeait bien! Je me suis placé derrière elle et j'ai posé mes mains sur ses hanches, en suivant son rythme. Ce parfum de vanille… La toucher, la sentir, me presser contre son corps en mouvement… j'en étais quasiment ivre.

Quand nous sommes sortis de l'auditorium,

le vent s'était levé. En remontant la ferme-
ture éclair de son blouson, Nikkie y a coincé
une mèche de ses cheveux. Je l'ai aidée à
l'en extraire délicatement. Nos visages se sont
frôlés ; il s'en est fallu de peu que nous nous
embrassions…

Derrière nous, Josh s'impatientait dans la
voiture.

3

L'ÉCOSSAIS

Je te vois venir
Sournois sbire
Tes sabots grands comme tes sourires
Pas un mot de trop !
Pas un geste de trop !
Sinon c'est moi qui aurai ta peau
J'en ferai un beau tambour
Qui résonnera de notre amour
Celui dont tu avais rêvé
Celui qui t'aura échappé
Viens — cette fois, je te laisse entrer
À pas feutrés
Essaie de m'apprivoiser
Immenses, tes prunelles, billes bleues
Quand tu pleures
Est-ce des larmes ou de l'encre
Qui coule de tes yeux ?

~

En mai, notre mère a décidé de s'installer définitivement à la campagne. Elle ne se remettait toujours pas de la mort de papa. Ses nerfs étaient encore plus fragiles qu'avant. Vivre en ville signifiait aller de crise d'angoisse en crise d'angoisse, de flacon d'anxiolytiques en flacon d'anxiolytiques. Elle ne supportait plus le stress du travail, ni les bruits oppressants d'un monde urbain surpeuplé.

Financièrement, Pop's avait tout prévu dès qu'il avait reçu son diagnostic de cancer. Josh a loué un appartement dans Notre-Dame-de-Grâce et j'ai emménagé avec lui. Mom's a vendu la maison en ville et elle est partie s'établir au lac à la Perche avec Bouddha, son nouveau labrador. On s'arrange bien, même si quitter la maison où nous avons grandi n'a pas été facile. Au début, j'ai eu l'impression que nous trahissions mon père; comme si, en partant, nous le laissions derrière nous. Pendant des semaines, j'ai trié les objets qui lui avaient appartenu, les disques qu'il avait écoutés, les livres qu'il avait lus et annotés, et cela m'a beaucoup appris sur lui. J'ai découvert des facettes insoupçonnées de cet homme qui avait quitté l'Écosse très tôt et rêvait d'y retourner, de ce bon vivant qui massacrait le français et dont l'accent, en anglais, nous faisait rire. Jamais je ne l'oublierai.

～

Chez moi, le sous-sol a été entièrement rénové l'an dernier. Il y a amplement de place pour nous trois dans les deux divans-lits. Au club vidéo, après une razzia dans les comédies sentimentales, on a craqué pour un drame qu'on a déjà vu deux fois, parce qu'il met en vedette le plus bel acteur de Hollywood, le ténébreux Preston Pixx. Sur l'écran plasma de mon père, l'image est impeccable. Qu'il est beau !

À peine entrée dans la maison, Chris entreprend de se changer pour revêtir son « kit d'intérieur », tandis que Sin m'aide à préparer le gueuleton. Au menu : pizza, *gummies* surs, maïs soufflé, biscuits au chocolat ramassés au BP sur le chemin du retour — bref, une avalanche de calories. Il va falloir se bouger demain pour brûler tout ça !

Jusqu'à maintenant, les soirées « chocolat-bigoudis-films niaiseux », c'était toujours avec Amélie. Nous adorions nous retrouver seules toutes les deux. Ça ne nous gênait pas de pleurer pendant les scènes cruciales, de potiner, de papoter à propos de masques au concombre ou de manucures…

Il m'arrivait aussi de lui lire des extraits de mon carnet, et c'est avec elle que je me suis mise à composer mes premières chansons. On inventait des mélodies que je jouais à la guitare, on mêlait nos voix — la sienne si douce et la mienne un peu rauque — au grattement des cordes. La lumière ne s'éteignait que très tard!

C'est donc un peu bizarre pour moi d'être ici avec Sin et Chris. Pourvu qu'elles ne ronflent pas!

～

Je me demande…
Pourquoi lui avoir ouvert tes bras?
Tu savais pourtant qu'il était à moi
Et moi j'avais besoin de toi…

～

S & H avait engagé Josh comme ingénieur de son pour une tournée aux États-Unis. Je me retrouvais donc à habiter seul l'appartement, ce qui tombait plutôt bien, parce qu'avec Nikkie ça devenait sérieux.

C'était la première fois qu'elle venait chez moi.

— C'est ici que tu habites?

— Ouais.

— Et l'autre chambre, qui l'occupe?

— Josh, mais il est parti travailler aux États, en tournée avec S & H.

— Chouette. Il revient quand?

— Je ne sais pas, son programme change tout le temps. Après les concerts, il est question qu'il s'occupe de leur prochain disque à Los Angeles.

— Tu as l'air fier de lui.

— Plutôt, oui. Toi, ça ne t'impressionne pas?

— Bof. S'il a du talent, c'est normal qu'il soit rendu là.

Nikkie a le don de ces remarques qui écrasent votre enthousiasme sous le poids de l'évidence. S'emballer sans raison, ce n'est pas trop son genre.

— Venant d'une première de classe, une telle réflexion ne m'étonne pas, la taquiné-je.

— Je ne suis pas première de classe! D'où sors-tu ça?

— Tu n'es sûrement pas parmi les cancres!

— O.K., c'est vrai que je suis dans le peloton de tête dans la plupart des matières.

Mais j'ai mes difficultés comme tout le monde.

— En éduc, par exemple ?

— Gna, gna, gna. Tu ne t'ennuies pas, tout seul, dans cet appartement ?

— Non. Mais je m'ennuierais encore moins si tu venais plus souvent…

Elle avait le plus joli sourire du monde. Ses traits se sont détendus, adoucis. J'ai repoussé derrière son oreille une petite mèche de cheveux qui lui cachait l'œil gauche. Une bouffée de chaleur intense m'a envahi quand ses lèvres cerise, aussi moelleuses que charnues, ont touché les miennes. Son feu me faisait fondre.

~

— Regarde, Nikkie ! Mes seins ont encore grossi ! s'exclame Christine. C'est sûrement l'ovulation.

— Et tes oreilles, elles enflent aussi ?

Ah ! Sarcasme, quand tu me tiens.

— Je t'assure que c'est ça. Ils sont hypersensibles !

— …

— Quand j'appuie dessus, c'est dingue, la douleur. Vas-y, touche !

Elle agrippe ma main et la pose sur son sein.

— Chris, arrête ça !

— Bon, ça va. Toi, tu n'as pas mal quand tu ovules ?

— Évidemment. Alors j'évite d'appuyer dessus comme une forcenée !

— C'est dur, être une femme, tranche-t-elle.

Elle me saoule à la longue. Oui, Christine pond. Et alors ? On ne va pas en faire un plat !

⁓

Dans la cabine centrale des toilettes des filles, au deuxième étage, se dresse le Mur des lamentations : sur la face intérieure de la porte, des voix anonymes se répondent, s'encouragent, s'envoient promener. Nous sommes plusieurs à nous y écrire au feutre indélébile — au grand dam du concierge qui repeint régulièrement, de peur que nos barbouillages ne débordent sur les murs propres une fois la porte entièrement couverte de messages.

Parfois je me rends compte que je m'adresse à certaines filles sans savoir qui elles sont — et je me dis que si je venais à apprendre leur identité j'en serais sans doute étonnée. Mais la plupart n'écrivent que des niaiseries, trop occupées à se regarder écrire comme on s'écoute parler. Nombrilistes.

Le Mur, c'est ma thérapie gratuite. Quand je ne sais plus trop quoi penser, je lance un S.O.S. aux pseudopsys des toilettes.

～

— C'est quoi ta grandeur de soutif? me lance Chris.

— Te voilà repartie! C'est vraiment une obsession, chez toi. Tu ne serais pas un peu lesbienne sur les bords?

— Ça ne va pas, non? J'aime mon corps de femme et je veux le comprendre. Je le respecte, j'observe son évolution. Il n'y a rien de mal là-dedans. Ça ne fait pas de moi une gouine, franchement!

— Ne t'énerve pas, je te demandais ça comme ça, pour savoir.

— Pour savoir! Non mais!

Elle fulmine.

— Il n'y a rien de mal là-dedans, en passant…

— Je ne suis pas gouine, je te dis. Je suis portée sur les sciences, voilà tout.

Je l'ai insultée. Pourtant j'ai seulement voulu la taquiner. Christine est si ouverte et passionnée, sans tabou ni pudeur, que secrètement je l'envie un peu. J'aimerais me sentir aussi bien dans mon corps qu'elle dans le sien. Suis-je trop autocritique? Assez féminine? Scott me désirait mais… je n'ai jamais su trop quoi faire de ma chair.

— 34B, le soutien-gorge.

— Moi c'est 36E.

— Comment? Il y a aussi des E?

— Eh oui! E… pour Énormes! Ha! ha! ha!

C'est vrai qu'ils sont gros, les seins de Chris. Je ne sais pas si c'est moi qui hallucine, mais j'ai l'impression que les seins des filles sont de plus en plus gros! C'est vrai que de nos jours, avec toutes ces nouvelles prothèses, on n'arrive plus à distinguer les vrais des faux.

— Quand j'aurai vingt ans, s'ils sont toujours aussi gros, je voudrais qu'on m'en enlève.

— Vraiment, Chris? Tu irais jusqu'à la chirurgie?

— Pourquoi pas? Je n'ai pas envie de me bousiller le dos parce que j'ai trop de poids à charrier devant. C'est déjà l'enfer. Pourquoi crois-tu que je hais la gym? Ça ballotte dans tous les sens! Imagine quand je serai vieille et toute fripée, à quarante ans…

— Quarante…! C'est sûr qu'à un âge aussi

avancé ça risque de toucher le sol, en effet…

— Quelle ironie, Nik, aujourd'hui ! Ta mauvaise humeur ne te quitte plus. Qu'est-ce que tu as ?

~

Sur le Mur des lamentations, j'ai répondu à l'anonyme qui se targuait d'avoir le meilleur amoureux au monde :

« Moi aussi j'avais un prince charmant, jusqu'à ce qu'une pute couche avec lui. »

~

— On sèche les cours ? proposé-je à Chris en sortant des toilettes. Allez ! on va voir un film.

— Je n'ai pas d'argent, Nik.

— Oublie ça, je t'invite.

— Chouette alors ! On va voir quoi ?

— Il n'y a qu'un seul film à voir en ce moment. Dans le rôle principal, nul autre que…

— Preston Piiiiix ! ! !

— Allez, viens, on y va.

4

Au début de nos fréquentations, Nikkie était toujours avec Amélie. Quand ce n'était pas un moment de création «indispensable pour sa survie» qui nous empêchait de nous voir, c'était elle. Elles étudiaient ensemble, magasinaient ensemble, dormaient ensemble chez l'une puis chez l'autre à tour de rôle. À l'école, on leur attribuait chaque nouvelle mode. Cette année-là, c'était les bottes noires aux genoux, cheveux défaits avec une petite frange, sans oublier les imprimés à cerises.

Heureusement, depuis le spectacle de S & H, j'avais réussi à voir plusieurs fois Nikkie en tête-à-tête, sans son pot de colle de copine. Je ne dis pas ça méchamment. En fait, Amélie est une chouette fille. Elle est jolie et plus timide que Nikkie, qui a une grande force de caractère. Drôle de paire : la brune orageuse et la blonde romantique. Une chose est sûre : rien de tel pour l'ego que de parader avec elles. Tout le monde nous regarde… et ça se comprend!

Comme je l'avais espéré, à la fin de l'année scolaire, Nikkie et moi formions un couple. Et même un beau couple, nous disait-on souvent. Peut-être parce que nous avions scellé notre engagement l'un envers l'autre par l'achat de deux vestes de cuir noir presque identiques?

J'aimais l'indépendance de Nikkie, son imagination, sa façon d'être à la fois forte et fragile. Nous pouvions discuter passionnément sans voir filer les heures, comme nous pouvions demeurer silencieux, blottis l'un contre l'autre à égrener lentement les secondes pendant des après-midi entières.

Nikkie, Amélie et moi avons passé l'été en trio dans mon appartement. De temps en temps, nous avions la visite d'Alex, le frère aîné de Nikkie, avec qui je me suis lié d'amitié, histoire de ne plus être toujours en minorité!

— *Hey sis**! Je voulais m'assurer que tout allait bien pour toi, je passais dans le coin…

C'est du moins ce qu'il prétendait. Pour ma part, j'ai toujours eu l'impression que

---

* Salut sœurette!

c'était plutôt elle qui gardait un œil sur lui !

Alex compensait par son caractère et son audace ce qu'il lui manquait en sex-appeal. À dix-huit ans, il menait une vie assez rock'n'roll et il avait toujours été délinquant. Ses deux bras étaient tatoués des poignets aux épaules ; il appelait cela « mes manches ». Il lissait ses cheveux avec une quantité industrielle de gel, portait toujours des bottes noires, et une veste de jean sous son blouson de cuir. On l'aurait cru catapulté au XXIe siècle depuis les années 1950. Il avait tout un genre, ça c'est certain. Et, à sa façon, lui aussi lançait des modes. Je me suis moi-même un peu laissé influencer par son style. Alex était plus cool qu'il ne le croyait. Et plus encore quand il est arrivé avec sa nouvelle moto, une Harley-Davidson d'occasion !

Avec la moto venaient les copains de moto. Tous la même tenue ou presque, et l'assurance de ceux qui se savent regardés. Au début, ça forçait l'admiration, cette confrérie masculine en cortège de Harley. Mais avec le temps c'est devenu un peu lourd. De beuveries en baises d'un soir, Alex glissait dans un autre monde. Il manquait de plus en plus de jugement, surtout quand il se ramenait chez moi en pleine nuit avec une énième nouvelle conquête. À mon grand désespoir, la chambre libre de mon frère exerçait sur lui un attrait irrésistible. Je n'aurais jamais dû le laisser entrer une première fois ; par la suite, je n'ai pas su lui retirer ce privilège. Ces filles d'un soir, Alex et ses copains se les échangeaient entre deux séances de mécanique, comme si c'était normal. Elles ne devaient surtout pas jouer les saintes nitouches ; la pudeur était bannie dans la bande. Entouré de ses acolytes, Alex était le dernier des imbéciles. Pourtant, seul avec moi, il parvenait à me faire oublier ses bêtises et redevenait un chic type.

Josh m'avait envoyé les derniers enregistrements de S & H. Amélie, Nikkie et moi, nous écoutions en boucle les nouvelles pièces dont nous connaissions déjà les paroles par cœur. Nous avions aussi une nouvelle lubie : louer des DVD de dessins animés érotiques, incroyablement drôles. Parfois, on achetait une bouteille de vin rosé pour elles et de la bière pour moi, on jasait, on écoutait le démo et on regardait *Fritz the Cat*.

L'après-midi, les filles se retrouvaient à la piscine pour profiter du soleil. Comme nous n'avions plus envie de traîner du côté de l'école, nous espacions nos visites au BP. Elles se sont donc lancées dans la confection de biscuits. Elles s'en sortaient plutôt bien, mes pâtissières. Un été franchement relax…

Le jour, Nikkie et moi faisions la grasse matinée. Rien de tel que de traîner au chaud, entre les draps, là où l'amour se lovait chastement. Nous en profitions pour regarder la télé, collés l'un contre l'autre. Elle qui ne tenait pas en place d'habitude s'abandonnait à ce farniente du matin avec presque autant de plaisir que lorsqu'elle écrivait. Le soir venu, je ne me couchais que dans l'attente du matin suivant.

— Raconte-moi encore comment c'était avant qu'on soit ensemble, me demandait-elle parfois.

— J'étais misérable, récitais-je docilement. Mes torticolis se succédaient tellement tu me faisais tourner la tête ! Je ne savais pas comment t'aborder, mais je ne pensais qu'à ça…

Je roulais sur elle, l'embrassais dans le cou, lui léchais le lobe de l'oreille. Ce que je pouvais la désirer !

— Et maintenant tu es là, merveilleusement belle, dans mon lit, à ma merci !

— Arrête ! Tu me chatouilles !

Elle sortait du lit en riant.

— Je vais nous préparer un petit-déjeuner.

Ce n'était pas l'effet escompté.

~

Les premiers jours, ne pas te parler me rendait folle. Je me retenais sans cesse de t'écrire, te téléphoner. Ton absence déchirait le temps. J'avais honte. Honte de vouloir que tu reviennes. Honte d'envisager de t'offrir mes cuisses pour que tes yeux se posent de nouveau sur moi. Mais, tu vois, je ne peux pas. Ce n'est pas ce que j'ai choisi, ce n'est pas ce que je souhaite pour moi.

Il y a des filles qui se donnent, d'autres qu'il faut séduire, d'autres qu'il faut couver. Pour ma part, je me situe quelque part entre le désir d'être attendue et celui d'être convoitée. Je pensais que tu respecterais ça. Je me suis trompée.

« Je vais disparaître, mais je veux rester femme », comme dit la femme du héros dans *Clair de femme* de Romain Gary. Sauf qu'elle, c'était à la mort qu'elle voulait survivre…

Moi, je ne sais pas encore avec certitude à quoi je survis.

~

Je m'apprête à prendre mes messages
quand je constate que Sin est déjà à l'autre
bout du fil.

— Sin ? C'est bizarre, mon téléphone n'a
pas sonné.

— Nikkie, enfin tu réponds ! Ton cellulaire était éteint ?

— J'étais au cinéma. Après, j'avais besoin d'écrire, ça sortait tout seul, un torrent.
Je ne voulais pas être dérangée.

— Ah, bon ! Et le film, tu l'as vu avec
qui ?

— Avec Christine.

— Sans moi ?

— …

— Vous êtes allées voir quoi ?

— Eh bien…

— Non !

Sin refuse d'y croire. Mais son intuition
ne la trompe pas. Je me sens un peu mal à
l'aise.

— Ce n'est pas vrai ! Vous avez vu Preston sans moi ? C'est dégueulasse, ça, les filles.
On devait y aller toutes les trois vendredi
prochain.

Je feins l'innocence.

— C'était prévu ? J'ai dû oublier. Désolée, Sin.

— Vous vous liguez contre moi ou quoi ?
Franchement, j'ai l'impression d'être la troi-
sième roue du vélo.

— Tu délires. Cite-moi une seule autre
fois où on t'a exclue des plans ! Et puis ça ne
fait pas des années qu'on se tient ensemble,
à ce que je sache ! Mais pour cette fois-ci tu
as raison, ce n'est vraiment pas cool de notre
part. On n'a pas voulu te blesser. Si ça peut
te consoler, le film n'était pas terrible.

— Comment ça ?

— L'histoire ne tient pas la route.

— L'histoire… ! Mais on s'en fout, de
l'histoire ! C'est Preston l'important. Il était
beau au moins ?

— À craquer.

— Aaah ! Je ne peux pas croire que vous
l'avez vu sans moi…

5

Après les premiers mois d'un bonheur parfait entre Nikkie et moi est venu un temps plus houleux. En règle générale, nos disputes étaient orageuses, comme toutes les disputes, je suppose. Je ne comprenais pas pourquoi elle ne voulait pas faire l'amour, nous n'étions plus des enfants, après tout ! Moi, j'en mourais d'envie. Et je l'aimais, elle le savait.

— Ce n'est pas que je ne te désire pas, Scott.

— Ah non ? C'est quoi, alors ?

— Je ne suis pas prête.

— Mais enfin, on n'est plus dans les années 1950 ! « Pas de sexe avant le mariage », gna, gna, gna… !

— Je suis peut-être née à la mauvaise époque ! Et puis je ne te demande pas de m'épouser, crétin ! Seulement de contrôler tes hormones !

Cela me rendait dingue. C'est, en général, le moment qu'elle choisissait pour verser une larme.

— Sois patient. Je serai prête bientôt.

Je ne pouvais quand même pas la forcer.

Parallèlement, elle ne supportait pas que je regarde les autres filles. Cela l'insécurisait et j'en payais le prix pendant des heures. Il fallait ensuite que je la rassure, que je la console… Notre relation dans ces moments-là me déconcertait. Parfois je sentais que nous nous appartenions complètement et que nous étions solides. D'autres fois, ma panthère adorée m'échappait, me filait entre les doigts…

~

One sad song
I could not see what was heading towards me
I could not see what was happening to me
If I had known, or guessed
If my instincts hadn't failed me
Where would we be?*

~

---

* Une chanson triste. Je n'ai pas vu ce qui se préparait, je ne l'ai pas soupçonné. Si j'avais su, ou deviné, si mon intuition m'avait prévenue, où en serions-nous ?

Mon portable se met à vibrer contre ma hanche.

— Chris ? C'est moi, Sin.

— Ça va ?

— Pas mal… Alors ce film ?

— Écoute, ma chérie, Nikkie n'avait pas du tout le moral, tu sais. Depuis sa rupture elle ne reprend pas le dessus, je t'assure, ça me brise le cœur.

Bon, peut-être que je tartine un peu épais, mais je ne vais tout de même pas lui avouer candidement qu'on l'avait carrément oubliée !

— Pourtant, objecte Cynthia, elle devrait remonter la pente… C'est arrivé il y a un mois, quand même !

— J'espère que tu ne nous en veux pas trop. Entre amies, il faut se soutenir, et Nikkie avait vraiment besoin de se changer les idées.

— Évidemment. J'aurais fait pareil à ta place.

— En plus, tu étais déjà en cours de chimie…

— Tu as eu raison. Toi, tu pouvais sécher ?

— J'avais période libre et gym, alors...

— Alors... et Preston ?

— Canon ! Je le croquerais, ce garçon. Si j'avais cinq minutes avec lui, je le rendrais fou de désir !

Un déclic sur la ligne. La mère de Sin a décroché le combiné.

— Cynthia, ma chérie, le repas est servi.

— Maman, tu vois bien que je suis au téléphone, soupire Sin.

— Ton assiette va refroidir, insiste sa mère.

— Je descends dans deux secondes, tu peux raccrocher maintenant.

La honte. Si ma mère me faisait ça, j'en crèverais ! Mais bon, je n'ai pas trop envie d'aiguiller Sin sur le sujet.

— Je te laisse, Sin, on se parlera plus tard.

— Tu sais, Chris, moi aussi j'ai remarqué pour Nik. Il faut faire quelque chose.

— L'emmener magasiner ? Lui faire des mèches ?

— Elle voulait se venger… on va accélérer les choses.

6

Fin août, Josh est revenu passer une semaine à l'appartement. On a fêté le seizième
anniversaire de Nikkie. Ils ont discuté ensemble toute la soirée ; je me suis senti complètement à l'écart. Josh n'arrêtait pas de
parler de sa tournée, du groupe, du jet-set,
des hôtels de luxe, des soirées VIP, et cætera, et cætera. Il était le même, et pourtant
il avait changé… Quoi qu'il en soit, Nikkie
se pâmait complètement.

— Tu sais que Nikkie écrit des chansons ? ai-je dit à mon frère dans le dessein
de ramener la conversation vers autre chose
que sa merveilleuse vie de rock-star.

— C'est vrai ?

Nikkie avait levé les yeux. Ça l'intimidait
de parler de son art. Mais déjà, Josh était
intrigué.

— Tu en as avec toi ? lui a-t-il demandé.

— J'ai toujours mon carnet dans mon sac.

— Fais voir !

— Bah… peut-être une autre fois.

— Ne sois pas timide ! a-t-il insisté.

— D'accord, a-t-elle finalement cédé, mais il faut que tu saches que ce sont des work-in-progress*, et non des œuvres achevées.

— Il faut bien commencer quelque part ! Allez, donne-moi ça.

Josh lui a pris le cahier des mains et s'est plongé dans sa lecture. Nikkie, nerveuse, guettait ses réactions du coin de l'œil. Je ne l'avais jamais vue comme ça.

— Eh bien, tu n'as pas l'air aussi inquiète quand c'est moi qui te lis ! lui ai-je dit avec une pointe de jalousie dans la voix.

— Ni quand c'est Amélie, mon chéri, tu sauras. Mais vous n'êtes pas dans le milieu de la musique. C'est stressant quand c'est quelqu'un qui connaît le métier. Et puis c'est de ta faute. Tu n'avais qu'à te taire !

— Tu as de bons textes, a apprécié Josh. J'imagine bien ce genre de paroles sur une musique un peu grunge, un son *clean*, des guitares *soft*, une trame discrète au clavier… quelque chose de pur, en somme. Avec une voix écorchée pour livrer le tout.

_____

* Œuvre en chantier.

— Tu crois ? Wow ! Je n'avais jamais pensé à ça.

— Il le faut, pourtant ! À quoi te sert d'écrire des chansons si ce n'est pas pour qu'on les écoute ?

— Je ne sais pas, c'est thérapeutique. Une catharsis.

— C'est plus que ça. Tu as du talent. Et ne me dis pas que tu n'écris que pour toi-même. Il faut dépasser le journal intime. Sinon, soit on reste dans la pudeur, soit on se donne en spectacle. Et dans les deux cas on passe à côté.

Josh s'est emparé de sa guitare et, le carnet sur un genou, s'est mis à gratter quelques accords, improvisant un air sur un texte de Nikkie. Elle était au paradis ! Et moi, en enfer.

— J'aime ça, s'est-elle animée. Tu inventes au fur et à mesure ?

— Oui. Tu joues un peu ?

— Je me débrouille.

— Alors je vais t'apprendre la mélodie. Tiens !

Il lui a tendu l'instrument. J'avais causé ma propre perte. Mon écrivaine adorée ne m'accordait plus la moindre attention.

Tandis qu'elle répétait ses nouveaux accords, pour mieux méditer sur les textes, j'imagine, Josh a roulé un joint. Nikkie, qui d'habitude ne veut rien savoir de cette cochonnerie, s'est empressée d'en prendre une bouffée. Du coup, j'ai fait pareil. Amélie aussi. Bien entendu, on s'est empiffrés de biscuits.

Finalement, la tension est tombée et on s'est bien amusés tous les quatre. J'ai dansé avec Nikkie — mais cela n'avait rien à voir avec l'ivresse de nos premiers slows, quand tous les prétextes sont bons pour se coller. Puis je me suis calé dans le fauteuil tandis que les filles continuaient à danser. Josh profitait du spectacle, oubliant qu'elles n'étaient, après tout, que des gamines...

Alex s'est pointé sur les entrefaites.

— *Hey sis'*, salut tout le monde ! Hum ! ça sent pas mal bon ici !

Ravi, il a sorti de sa poche son propre sachet d'herbe. On a tous fini complètement gelés, hilares, à regarder *Fritz the Cat*. Qu'est-ce qu'on pouvait être débiles ! Aux aurores, Alex est allé reconduire Amélie chez elle en moto. Je ne peux pas croire que nous l'avons laissé conduire dans cet état...

∽

«Comment fait-on pour s'en remettre ?»
ai-je demandé à Nikkie. Elle m'a répondu :
«Comme moi, Scott. Débrouille-toi.»

~

Les hérissons naissent chauves. Leurs piquants
commencent à pousser au bout de quelques heures
seulement. Une fois qu'ils sont adultes, plus de
sept mille piquants recouvrent leur corps.
Je suis un hérisson.

~

Pourquoi m'as-tu trahie ? Tu ne tenais plus
assez à moi, à nous ? Et mon amitié avec
elle… tu n'as donc de respect pour rien ? Un
gentleman ne se tape pas la meilleure amie
de sa copine dès qu'ils se sont querellés !
Quant à elle, je ne comprends pas ce qui lui
est passé par la tête, et cela me rend profon-
dément triste ; mais je m'en remettrai.

Toi, Scott, je ne peux que te maudire, t'en
vouloir à mort parce que je souffre trop,
parce que je suis blessée, parce que l'image
de vous deux au lit me donne envie de vo-
mir. Pourquoi me faut-il apprendre l'amour
de cette horrible façon ? Ai-je mérité ça ?

Je crois que c'est Lamartine qui disait

dans un poème qu'on reconnaît un grand amour quand le seul être au monde qui peut vous consoler est celui qui vous a fait mal.

Qu'il aille au diable, celui-là ! Plutôt crever de chagrin que te laisser m'approcher. Mais je ne serai jamais trop loin, parce que je veux vous voir souffrir aussi. Vous l'avez bien cherché.

~

Sur le Mur des lamentations :

« Lui aussi c'est une pute, alors. »

Et au-dessous :

« S'il a couché avec elle, c'est que ce n'était pas le prince charmant. »

Je ne sais pas qui a écrit ça, mais en tout cas elle aime les vérités de La Palice.
Le Mur, c'est sacré. Il faut éviter l'inutile et aller droit à l'essentiel. J'ai répondu quand même :

« Quand c'est ta meilleure amie, qui est le plus pute des deux ? »

Alex m'a emmené à l'observatoire en moto. Il était devenu mon frère de service, une sorte de remplaçant de Josh. C'était grisant de sentir le vent, la vitesse, comme si le monde nous appartenait. Un goût de liberté contagieux. À peine avais-je mis pied à terre que j'étais prêt à vider mon compte en banque pour m'en acheter une aussi. Nous avons contemplé la ville en fumant.

— Ma sœur trouve qu'on devrait arrêter de fumer de l'herbe, m'a lancé Alex comme s'il venait d'énoncer la banalité du siècle.

— On ? Elle t'a parlé de moi ? Quand ?

— Elle a parlé de notre consommation en général. Elle dit qu'on n'a pas besoin de ça.

— Elle est un peu parano. On se paye seulement un peu de bon temps…

— C'est en plein ce que je lui ai répondu.

Nous sommes restés là à observer la vue, la tombée de la nuit et les touristes qui s'entre-photographiaient.

— Ma sœur est vraiment compliquée.

— Tu m'en diras tant ! On s'est encore engueulés avant-hier.

— Ah ! C'est pour ça qu'elle fait la tête !

Elle se cache, on la voit à peine à la maison. Bah! Laisse-lui quelques jours pour réfléchir. Vous n'en êtes pas à votre première chicane.

— Cette fois, je crains que ce soit fini pour de bon.

— Ah! les filles. Toutes aussi compliquées!

De retour dans mon quartier, sortant du dépanneur avec une grosse caisse de bière, nous nous sommes mis à hurler en pleine rue. Nous étions virils. Immortels. Invincibles. Et franchement défoncés.

La bière descendait comme de l'eau dans nos gosiers d'adolescents. Deux chameaux.

J'écoutais Alex répéter avec sa guitare — ils sont tous musiciens dans la famille — quand Amélie s'est pointée, à la recherche de Nikkie. Elle lui avait téléphoné cent fois sans réponse depuis la veille. D'après moi, elle n'était pas au courant de notre rupture. Où se trouvait donc ma rebelle? J'avais moi aussi essayé de la joindre, j'étais passé par tous les endroits qu'elle fréquente, en vain. Louve blessée, terrée dans sa tanière, Nikkie léchait ses plaies à l'abri des regards.

— Je m'attendais pourtant à la trouver ici, s'est étonnée Amélie.

— Pas de chance, elle n'est pas là ce soir.

Mais entre, viens boire une bière avec nous, je suis avec Alex.

— O.K.

Je me suis senti lâche. Nikkie souffrait quelque part et j'en profitais pour inviter sa meilleure copine à boire un coup avec nous. Amélie, pour sa part, semblait bien heureuse de ne pas avoir cette fois-ci à partager l'attention masculine ; elle minaudait, riait à toutes nos blagues, se jouait dans les cheveux.

Elle était jolie, sa tignasse blonde ondulée tombant en cascades jusqu'à la naissance des fesses…

Je ne sais pas trop comment cela s'est produit. À un moment donné dans la soirée, Alex est parti et je suis resté seul avec elle. Dans mon état d'ébriété avancé, je n'ai pas pensé plus loin que le bout de mon nez. Il faisait chaud, elle avait ôté son chandail. La bretelle de sa robe glissait sans cesse le long de son bras. Sa bouche m'attirait…

7

Coincée près des micro-ondes de la cafétéria, Geneviève ne peut aller nulle part.

— Moi, à ta place, je ne m'approcherais pas trop d'Amélie.

— Je ne t'ai pas demandé ton avis.

— Tu sors avec Éric, non ?

— Quel est le rapport ?

— Tu sais que Scott et moi c'est fini ?

— C'est ce que j'ai entendu.

— C'est à cause d'Amélie. Suis mon conseil : tiens-la loin de lui. Éric est un être de chair, pas de chocolat. Si elle décide de le séduire, il n'aura peut-être pas le courage de lui résister. Les gars ne sont qu'hormones en liesse, et Amélie est une véritable mante religieuse. Bonne chance, ma belle ! Tu en auras besoin.

Je rejoins Chris et Sin à notre table habituelle. Elles m'ont vue discuter avec Geneviève, la nouvelle amie d'Amélie. Elles se trémoussent d'impatience sur leurs bancs, tellement elles crèvent d'envie d'entendre ce que nous nous sommes dit.

— Salut, les filles.

— Salut, Nik, ça va? attaque Cynthia. Je ne savais pas que vous étiez amies, toi et Geneviève?

Et vlan! Ça n'a pas tardé. La curiosité, quel vilain défaut!

— Premièrement, on dit «Geneviève et toi», pas «toi et Geneviève». Deuxièmement, nous ne sommes pas amies. Mais cela ne m'empêche pas de la mettre en garde contre le danger qui la guette.

— Et ce danger s'appellerait-il Amélie, par hasard? intervient Christine.

— Avec une fille comme elle en liberté, on peut s'attendre à des ravages. Si j'y peux quelque chose, elle ne badinera pas avec les amoureux des autres.

— Ça fait un petit moment que Geneviève et Amélie ont commencé à se tenir ensemble.

— Décidément, Sin, tu es l'incarnation de la perspicacité.

— Amélie a besoin d'une bouée de sauvetage, fait-elle valoir. Elle s'accroche à la première personne qui veut bien la sauver de la noyade…

— S'il n'en tient qu'à moi, elle peut bien couler à pic.

— Même si elle arrive très bien à s'envoyer par le fond toute seule, on pourrait lui donner un petit coup de pouce, suggère Christine.

— Les autres filles doivent bénéficier de mon expérience.

— Il faudrait aussi prévenir Jackie…

— … et Isabelle…

— … toute l'école sera bientôt au courant.

Nous étions voraces. Nous lui bouffions le cœur tandis qu'il battait toujours. Au beau milieu de la cafétéria.

— Ça ne te gêne pas, Nik ? Tout le monde va savoir qu'il t'a trompée.

— Pourquoi ça me gênerait ? Ce n'est quand même pas de ma faute ! C'est moi la victime, en passant.

— Il y en a qui pourraient dire que tu as été méchante avec Scott, que c'est pour ça qu'ils ont couché ensemble.

— Mais non, réplique Christine. Nik et Scott projetaient l'image parfaite du couple uni que tout le monde enviait.

Cette fois, c'en est trop.

— Arrêtez ! Je me fous de tout ça, vous ne comprenez pas ? m'écrié-je. C'est brisé maintenant, et il n'y a rien que je puisse faire pour réparer, pour revenir en arrière… Oh ! et puis j'en ai assez, je m'en vais.

— Où vas-tu ? s'inquiète Sin.

— J'ai besoin d'air frais. J'étouffe ici.

Tandis que je ramasse mes affaires, le silence plane entre nous ; ça, c'est rare.

Christine pointe un doigt en direction des micro-ondes.

— Regardez !

Amélie s'amène avec son cabaret à moitié vide. Ce qu'elle a mauvaise mine !

— On dirait qu'elle est en train de devenir dépressive, commente Cynthia.

— Ou anorexique, ajoute Chris. Vous ne trouvez pas qu'elle a maigri ?

— Chut !

Amélie s'approche de la table de son amie, mais juste comme elle va s'asseoir, Geneviève se lève en silence avec un regard chargé de mépris, l'air de dire : « Si tu t'assois là, moi je vais m'asseoir ailleurs ! »

Chris fait un signe de la main à Geneviève, l'invitant à s'installer avec nous. Je me retourne pour voir la tête d'Amélie. Elle se met à pleurer puis quitte précipitamment la cafétéria.

～

C'est vraiment désagréable d'osciller sans cesse entre la colère et la culpabilité. Une partie de moi souhaiterait les voir payer de leur vie, tous les deux. Une tout autre voix s'indigne de ces abjectes pensées. Suis-je en train de devenir mesquine ?

Instinctivement, je meurs d'envie de leur faire du mal. J'échafaude toutes sortes de scénarios sadiques, puis je m'en veux quelques heures plus tard. La vengeance a un si doux attrait par moments… Pourtant, la meilleure manière de soulager mon mal n'est-elle pas au contraire de me détacher d'eux le plus possible ?

～

L'idéal serait d'avoir le don d'ubiquité. Mener des vies parallèles à deux endroits en même temps. Avec un tel pouvoir, j'aurais pu être à la fois avec Nikkie dans un café et avec Amélie dans ma chambre.

C'est assez ignoble de penser ainsi, non ? La première chose que je rêve d'accomplir grâce à une telle faculté n'est ni un miracle, ni même une simple bonne action, mais d'en user dans mon propre intérêt au détriment des autres. Quel égoïste je suis…

Pourtant je n'ai pas que des défauts. Je suis affectueux, généreux, curieux. J'ai bien besoin d'énumérer mes qualités pour me rappeler leur existence. Parce que, ces temps-ci, l'image que me renvoie mon miroir est assez trouble.

Peut-être qu'en changeant de miroir… ?

~

—Je sais ce que c'est que de vouloir être quelqu'un d'autre, de tellement l'admirer qu'on serait prête à n'importe quoi pour se sentir un peu, juste un peu, comme l'autre, dit Cynthia. J'ai déjà été comme ça, moi aussi.

— Sin, ce n'est pas pareil, dis-je. Dans ton cas, ça ressemble à de l'insécurité, si tu veux mon avis.

— Peut-être, Nik. Mais je me souviens très bien de ce que j'ai ressenti à ce moment-là. Quand j'habitais encore la Côte-Nord, j'aurai donné la lune pour ressembler à ma cousine.

Pourquoi ai-je l'impression tenace que Sin essaie de nous avouer quelque chose ? Faut-il être soi-même un peu envieuse, calculatrice, pour pouvoir le soupçonner chez les autres, voire l'expliquer ?

Toutes les filles manquent de confiance en soi à notre âge. Mais ça ne les pousse pas toutes à mentir — ni à coucher avec l'amoureux de leur meilleure amie.

Chris n'a pas prononcé un mot jusqu'à présent. Elle nous écoute, songeuse, depuis un bon quart d'heure.

— Je pense que Sin a raison, dit-elle enfin. Amélie voulait *être toi*, Nikkie. C'est pour ça qu'elle a couché avec Scott. Pour sentir ce que c'était que d'être à ta place — et désirée par lui. Elle s'habillait comme toi, se coiffait comme toi, elle aimait les mêmes choses que toi.

— Tu étais son mal de vivre, risque Sin.

— N'importe quoi, m'impatienté-je. Et puis ce n'est pas mon problème !

— Ça, c'est vrai, approuvent-elles en même temps.

Sur ce point-là au moins, nous sommes d'accord toutes les trois.

❧

« Nikkie, l'appartement est vide sans toi. Chaque objet évoque pour moi un geste, un moment. Rappelle-moi, s'il te plaît, je suis là toute la soirée. Il reste encore quelques objets qui t'appartiennent ici, si tu veux passer. » Biiiiip.

En raccrochant, je sais que le message que je viens d'enregistrer est pitoyable. D'autant plus qu'en lui parlant de ses affaires, elle croira sans doute que j'ai hâte qu'elle m'en débarrasse. Si je pouvais seulement disparaître…

8

Je rejoins Sin dehors, mon lunch dans une main, la pièce à conviction dans l'autre.

— Dans mon casier, j'ai trouvé ça.

— Ton repas ? Ça tombe bien, c'est l'heure du dîner. Qu'est-ce que c'est ?

— Un restant de lasagne réchauffée au micro-ondes. Mais c'est plutôt de ceci que je parle : une lettre de Scott. Il faut que je change de cadenas ; ça m'était complètement sorti de la tête qu'il en connaît la combinaison.

— Qu'est-ce qu'il t'écrit ?

— Je ne sais pas. Je ne me suis pas encore décidée à l'ouvrir.

— T'es folle ou quoi ?! À ta place, je me serais précipitée ! Tu préfères que je la lise avant toi ?

— Absolument pas. Ce que tu es curieuse, Sin, c'est incroyable.

— Bon...

— Et en plus, ça t'offense ! C'est le monde à l'envers.

— Nik, crois-moi, si tu veux que les choses évoluent, tu devras la lire un jour ou l'autre. Sinon, comment sauras-tu s'il a des remords, ce qu'il éprouve, ce qu'il est prêt à faire pour toi ?

— Il est bien là le problème. Je ne suis pas sûre de vouloir savoir ce qu'il ressent, ça risque de m'éloigner de mes propres sentiments. Si j'apprends qu'il est pris de remords, j'en éprouverai peut-être à mon tour.

— Ce n'est pas à toi de le soulager, Nik. Pourquoi aurais-tu des remords ? Tu n'as absolument rien à te reprocher dans cette histoire. Rien.

— Dans cette histoire, non. Dans la suite, peut-être.

— Tu deviens trop intello, là, je ne te suis plus.

— Je lui en fais baver avec mes instincts de vengeance.

— Avec raison.

— Je me le demande. J'ai souvent tendance à me culpabiliser, à prendre sur moi toutes les responsabilités. Peut-être devrais-je être moins sensible…

— J'en connais une qui ne l'a pas trop été, en tout cas !

Nous en restons là, Sin et moi, à méditer sur nos paroles. Pour une fois, j'ai l'impression de m'être non seulement écoutée, mais entendue aussi. Mon lunch a refroidi ; je ne fais que chipoter dedans depuis tantôt. (Quand le moral n'est pas au rendez-vous, optez pour une salade.) Je me rabats sur le gâteau avant que Sin ne s'en empare. Rien de tel qu'une bonne dose de sucre raffiné pour me remettre d'attaque.

Sin interrompt notre silence.

— Ne pas lire la lettre, c'est ta façon de te venger ?

— Sans doute. Et puis je me protège, avoué-je.

— S'il t'a écrit des pages entières d'excuses, tu ne le sauras jamais !

— Primo, je suis à peu près certaine, justement, qu'il me supplie de l'excuser — mais peut-être pas pendant des pages, ce n'est qu'un garçon après tout. Secundo, je m'en fiche : le mal est fait. Je ne crois pas pouvoir lui pardonner… ni aujourd'hui, ni demain.

— Tu as raison, Nik. Tu choisis de te respecter. Chapeau ! Tu m'inspires vraiment, tu sais. Alors, la lettre ? Tu la jettes ?

— On la glissera dans son casier, décidé-je. Il verra bien que je ne l'ai pas décachetée…

— … et il comprendra que tu ne veux plus rien entendre à son sujet, complète-t-elle.

— La seule chose qui m'embête, c'est que je ne voudrais pas tomber sur Scott en m'y rendant…

— Dans ce cas, donne-moi la lettre, je m'en occupe au retour du lunch.

— O.K. N'oublie pas, Sin : je veux qu'il la récupère avant ce soir, sans délai, pour que ça ait vraiment de l'impact.

— Compte sur moi. Il n'en croira pas ses yeux, m'assure-t-elle.

— Tant pis pour lui.

— Et tant mieux pour toi ! À tantôt !

Ai-je vraiment réussi à sourire à l'évocation de cette victoire ? Je me sens plutôt misérable. Ce triomphe n'est-il pas le reflet d'un échec ?

Pourquoi donc ai-je tant d'amertume au ventre ? J'ai mal à ce qui m'attache à lui. Je n'arrive pas à larguer les amarres.

≈

Quelque chose s'est cassé entre nous, tu comprends?
À qui puis-je faire confiance, sinon à celui que
j'aime et qui est censé m'aimer?

TOMBER DU FUNICULAIRE

Je me désespère
Et ça m'exaspère
À mon âge
Souffrir tant d'outrages
Mon courage
N'a plus d'éclairage
Tu portes ombrage
À mon naufrage
Quand le partage
Devient carnage
Tu étais à moi
Moi à toi
Elle était à moi
Pas à toi
Mon corps grince
Et se tend
Toi mon prince
Tu te repens

~

J'ai tellement aimé son univers, son écriture, les bonds qu'elle exécutait sans cesse entre la réalité et sa fiction, les mondes qu'elle inventait de toutes pièces mais aussi ses exutoires. J'ai eu l'impression d'en faire partie, l'espace d'un instant.

9

Pour ouvrir une enveloppe sans la briser, il suffit de la passer au-dessus d'une bouilloire qui chante : la vapeur décolle le rabat et il est ensuite facile de la sceller de nouveau. Ni vu, ni connu.

Ma Nikkie, ma louve, ma panthère,

J'ai recommencé dix fois cette lettre, je ne sais plus jongler avec les mots. Je les voudrais vrais, je voudrais qu'ils trouvent en toi leur écho. À chaque tentative, soit j'en dis trop, soit je n'en dis pas assez, soit je le dis mal — avec plein de détours et bien peu d'honnêteté.

La vérité, c'est que je pense t'avoir perdue pour de bon. Chaque jour qui passe me lance des signaux en ce sens.

Le pire, c'est de ne pouvoir rien faire pour que tu changes d'avis. Au-delà de la douleur que provoque ton absence, le véritable mal c'est de savoir que j'aurais pu éviter ce gachîs si j'avais ouvert les yeux à temps.

Tu as raison, la drogue fausse ma perception; d'ailleurs, c'est fini. Je n'ai plus fumé de joint depuis ce matin maudit où tu m'as trouvé avec Amélie. Cela ne m'excuse pas, je le sais, et implorer ton pardon pendant des pages ne changerait rien. Mais, si cela peut alléger ta peine, sache que les remords me rongent. Bientôt il ne me restera que les os.

Je n'ai sans doute pas le droit de te demander ceci, mais au point où j'en suis, je me risque: s'il te plaît, ne fais pas trop payer Amélie. Alex te le confirmera: à la fin de la soirée, elle était saoule et gelée à mort, de la vraie pâte à modeler. Et moi, j'ai été le roi des imbéciles. Tout est de ma faute. Je t'assure qu'on ne m'y reprendra plus jamais. J'ai honte d'être la cause de ta souffrance.

Je suis prêt à entendre tout ce que tu as à me dire, même le pire. S'il te plaît, parle-moi.

Scott

P.-S.: Je t'aime.

~

J'ai aperçu Nikkie dans le corridor. Elle était assez loin pour que je l'évite en grimpant quatre à quatre les escaliers vers le deuxième. Je me suis réfugiée dans les toilettes en me répétant sans cesse : « Mais qu'est-ce qui m'a pris, à quoi ai-je pensé ? »

Tu n'as *pas* pensé, ma pauvre Sin, c'est ça le problème.

Sur le Mur des lamentations, les filles continuent de discourir :

« Il faut passer à autre chose, pardonner. »

« Je me pardonne d'avoir été dupe. »

J'ai envie d'ajouter quelque chose moi

aussi à ce vide-entrailles. J'écris au fluo :
« Chacun est responsable de ses actes. »

Je relis ma phrase une bonne dizaine de fois pour être sûre de bien me la rentrer dans la cervelle. Pourquoi ai-je lu la lettre de Scott ? Que vais-je faire maintenant ? Je ne peux rien dire à Nik, elle m'en voudrait à mort. J'aurais envie de réconcilier Nik et Amélie, mais cela risquerait de se retourner contre moi.

On est bien, avec Chris, en trio infernal. Nous sommes devenues les filles les plus populaires de l'école. Je ne vais quand même pas saboter ça ! Il paraît que les mauvais gestes que l'on pose nous reviennent tôt ou tard en pleine face. Comment vais-je pouvoir éviter ça ? Devrais-je brûler la lettre ? Ou la jeter dans les toilettes, pour qu'elle se noie dans les égouts ?

∼

Je rattrape Sin à l'arrêt d'autobus. C'est drôle, d'habitude elle m'attend à la sortie de l'école.

— Alors ? Tu t'es occupée de la lettre ?
— Oui, oui. C'est fait, m'assure-t-elle.

— Tu as l'air bizarre, Sin, cet après-midi. Je ne te comprends pas : ce matin tu étais redoutable de bonne humeur !

— Non, non. Ça va. Et puis, qu'est-ce que ça veut dire, ça, « redoutable de bonne humeur » ?

— Laisse tomber, éludé-je. En tout cas, tu fais vraiment une de ces têtes, ma pauvre…

— Ça va, je te dis ! s'énerve Sin.

— O.K., pas besoin de crier ! Je me demande bien qui est en SPM, maintenant ?

— N'en rajoute pas, veux-tu ? J'ai mal à la tête. Rassure-toi, ça n'a rien à voir avec toi… même si tu me traites d'air bête.

— Ce n'est pas toi qui as l'air bête, c'est ton faciès.

— Oui, eh bien ! mon faciès et moi, on est un peu vexés…

Je n'insiste pas malgré mon pressentiment. J'ai déjà assez de soucis comme ça. Et puis je ne peux quand même pas la forcer à parler. L'énergie me manque, d'autant plus que je dors mal depuis plusieurs nuits ; je réfléchis trop. Je me tourne et me retourne dans mon lit jusqu'à deux heures du matin. Je compterais bien les moutons, mais ils dorment à cette heure-là. Pauvres bêtes. Je n'en ai pas trouvé un seul qui soit prêt à sauter les clôtures de mes pâturages nocturnes.

— En tout cas, pour revenir à nos moutons, Scott ne refera jamais ça à une autre, affirme Sin.

— Comment peux-tu le savoir ? Cela se reproduira peut-être des dizaines de fois, bien que j'ose espérer que ça lui a servi de leçon. Et qu'il traitera les filles avec plus de respect désormais.

— «Les filles»… et pas toi ?

— Je ne suis pas un cas isolé. Les femmes doivent être solidaires les unes des autres. Nous sommes les seules à pouvoir vraiment nous comprendre et nous défendre.

— Je ne te savais pas si féministe… Mais tu as sans doute raison. Je te laisse, j'ai des trucs à finir avant de rentrer chez moi. À plus tard.

— Salut.

Ces «trucs à finir» m'ont plutôt l'air d'un prétexte pour filer précipitamment. Sin s'éloigne en fixant ses pieds, elle qui, d'habitude, se donne des airs à mi-chemin entre la gazelle et la girafe.

Aujourd'hui, j'ai eu la nette impression que Sin me mentait. Elle avait l'air confuse. Ma confiance en elle s'effrite. À force de calculer mes gestes, j'en viens à me méfier de tous. Si je suis capable de blesser intentionnellement quelqu'un tout lui en souriant, pourquoi ne le pourrait-elle pas aussi ?

10

À travers la vitrine du BP, je reconnais le profil de Nikkie. Penchée sur son carnet, elle écrit. Sa tasse de café refroidi, quelques miettes de chocolat sur la page… Elle va traîner là encore longtemps, je le sais, levant la tête de temps à autre, observant les clients sans les voir tout à fait. Son art l'absorbe tout entière ; c'est pareil quand elle s'attarde devant un tableau ou dans un livre. C'est ce qui m'a fasciné dès le début chez elle, et c'est un peu de ça que je suis tombé amoureux. Pourtant, je crains que cette partie de Nikkie ne soit inaccessible. Seule, elle peut se réfugier dans son imaginaire, dans sa sensibilité. L'unique accès qui m'a permis de frôler furtivement cette part d'elle, je l'ai trouvé dans ses textes, dans ses chansons. En la lisant, j'avais le sentiment fugace de la comprendre. J'aimerais un jour qu'elle soit publiée ou qu'une de ses compositions tourne à la radio…

Désormais, son âme et tout son être me sont interdits, et je n'ose pas entrer au BP — elle m'ignorerait. De toute façon, qu'ai-je d'autre à lui déballer ? J'ai tout essayé et tout dit déjà. Elle n'a même pas réagi à ma lettre…

Du jour au lendemain, tout peut changer. Et pourquoi, au final ? Pour la satisfaction d'un désir assouvi ? J'ai perdu à cause du désir d'une autre. Ou du goût du sexe. J'ai perdu et personne n'a gagné.

On accorde tellement d'importance à la fidélité. Comme si, sans elle, un amour devenait illégitime ; comme s'il était impossible d'éprouver de l'amour, du désir pour plus d'un être à la fois. « L'intimité ne se partage pas », nous dicte la morale. Je ne suis pas sûr de ce que j'en pense. Qui donc a décrété que les pratiques polygames sont barbares, arriérées, iniques ?

J'en aime une. J'embrasse l'autre. Je désire les deux. Suis-je un monstre ? Un jeune monstre obsédé par la chair ?

∽

La confiance nécessite une éternité pour se bâtir, mais un simple coup de vent l'abat comme un château de cartes.

Je viens de recevoir un texto. Si c'est Scott, je ne réponds pas. Croit-il que je ne l'ai pas vu, en face du BP? Qu'il ne s'avise pas d'entrer ici: c'est *mon* territoire. Enfin, il peut bien aller où il veut, mais je ferai comme s'il n'existait pas.

C'est dommage qu'on en soit arrivés à ne plus pouvoir se parler. Je vois bien qu'il voudrait s'expliquer, mais je ne suis pas disponible. Je me blinde. Je deviens une femme-tank.

Le texto, c'est Amélie. Mon rythme cardiaque s'accélère légèrement. La silhouette de Scott disparaît dans mon angle mort.

« Nik, stp, xcuz. Parle-moi. Amé. »

Une vraie meilleure amie ne couche pas avec votre amoureux pour ensuite essayer de sauver votre relation. C'est absurde. Qu'elle assume son geste. La conséquence, c'est la fin de notre amitié. Elle n'avait qu'à y penser avant d'enlever ses vêtements.

∽

— Où avez-vous caché la vraie Sin? raille Christine.

— De quoi tu parles? se défend l'accusée.

— Dites-le-nous ou nous vous soutirerons les aveux par la torture! insisté-je.

— Nik, arrête, tu me fais mal! pleurniche-t-elle.

Je la maintiens contre le casier, l'œil menaçant.

Cynthia ne se ressemble pas ces temps-ci. Elle arbore toujours cet air maussade. Elle ne s'intéresse même pas à la barre de chocolat poire et amande que je lui passe sous le nez, ce qui finit de me convaincre qu'elle ne va pas bien du tout.

— Un problème, les filles? s'enquiert le concierge qui passe par-là.

On a toutes éclaté de rire.

— Non, monsieur, tout va bien, on se taquine.

Il poursuit son chemin, non sans se retourner une fois ou deux, l'air intrigué.

Sin a retrouvé le sourire, enfin. Rien de tel qu'un petit fou rire pour se ragaillardir un brin!

∼

Au Mur des lamentations, une fille a écrit :

« Chacun est responsable de ses actes. »

Puis une autre a ajouté :

« Tu es responsable de ce que tu as apprivoisé. »

C'est tiré de Saint-Exupéry, ça. Je réponds :

« Petit Prince, tu es si pur, ne t'approche pas de ça… tu as ta fleur à arroser. »

Je n'ai rien contre Saint-Exupéry, au contraire. Mais un personnage aussi magique et attachant ne devrait pas mettre le pied dans un bourbier pareil. Et si sa rose se fanait ? Mieux vaut qu'il reste tranquille sur sa petite planète. Moi, je peux gérer toute seule mes relations douteuses…

∾

Nous suivons Amélie à distance.

— Tu te la joues, Amélie ! Tu agis en victime ! lance Christine.

— Laissez-moi tranquille ! se défend-elle.

Elle accélère nerveusement le pas tandis que nous, très relax, maintenons le rythme. Je parie que les mains qu'elle enfonce dans ses poches sont moites ; sa gorge, sèche ; son pouls, affolé. Elle a peur de nous, ça se voit. La veine sur sa tempe a gonflé, je l'aperçois d'ici. Ses joues sont rouges. Je crois qu'elle a du mal à respirer.

— Pourquoi on te laisserait tranquille ? Toi, tu t'es tenue tranquille avec Scott, peut-être ?

Amélie s'immobilise sur le trottoir puis se retourne vers moi, l'air suppliant.

— Ce n'est pas ce que tu crois, Nikkie.

— Bien sûr, répliqué-je, glaciale. Je te trouve un matin, nue dans le lit de mon amoureux, et tu oses prétendre que tu n'as pas couché avec lui ? Venez, les filles. Ça pue vraiment trop par ici.

En passant à côté d'Amélie, Christine, d'ordinaire plutôt pacifique, la bouscule sans retenue en sifflant :

— Dégage, salope.

Du coin de l'œil, je vois qu'Amélie pleure.

~

— Amélie ! Attends-moi !

Elle ne ralentit pas. Tout haletant en arrivant à sa hauteur, je vide d'un trait ma bouteille d'eau.

— Elles t'en font voir de toutes les couleurs, hein ?

— Tu sais, Scott, je ne suis pas à l'aise de marcher avec toi. J'ai déjà assez de problèmes comme ça.

J'encaisse.

— Je ne veux pas que tu penses que je me fous de ce qu'il t'arrive, plaidé-je.

Oui, c'est de ma faute. Non, je n'aime pas la voir dans cet état-là. J'entends toutes les rumeurs qui circulent sur son compte dans les corridors de l'école.

Sur moi, pas grand-chose. C'est injuste, cependant c'est la réalité : un gars trompe sa blonde, c'est tout juste si on le traite de salaud une semaine. De son côté, la fille, elle, traîne longtemps dans son sillage une réputation nauséabonde.

— J'ai l'air d'un criminel qui revient rôder sur les lieux du crime, c'est ça ?

— Je me fous pas mal de ce dont tu as l'air, Scott. Je ne dis pas ça pour être méchante. Si tu veux vraiment savoir, je me demande pourquoi je continue à venir ici tous les matins. Je m'endors le soir en pleurant à la perspective d'affronter la cafétéria et les classes le lendemain. Je suis devenue complètement paranoïaque, j'ai toujours l'impression qu'on me regarde, qu'on me juge, qu'on me déteste. Le sentiment que tout le monde est contre moi me poursuit partout, jusque dans les toilettes où je m'imagine, à tort ou à raison, que tout ce que les filles écrivent au feutre m'est personnellement destiné !

— Tu n'as qu'à leur répondre.

— Et qu'est-ce que ça donnerait ?

— Je ne sais pas, moi, tu pourrais te défendre un peu.

— Entre nous, je ne vois pas ce qui me défendrait réellement.

À cause de moi, Amélie est fragilisée.

En passant devant le BP, je ne peux m'empêcher de repenser aux bons moments qu'on a partagés ensemble tous les trois. Le bonheur ne tient qu'à un fil. Je m'en veux d'avoir si souvent été irrité par Amélie, puis de l'avoir tant désirée. Je m'en veux d'être confus, de jouer ainsi avec les cœurs. Je manque d'assurance, mais j'ai tout de même quelques certitudes. Je sais par exemple qu'Amélie ne mérite pas de payer pour mes erreurs. Mais comment faire pour réparer?

— Appelle-moi, s'il y a quoi que ce soit…

Elle a levé vers moi ses yeux gris, tristes. Sa beauté est frappante, de ces beautés qui prennent toute leur dimension lorsque passe un nuage.

II

Comment se fier aux paroles ? Tant de bêtises viennent de là. Il n'y a que les écrits qui vaillent. On y soupèse chaque mot, chaque réflexion. Sur la page, on dit exactement ce que l'on pense.

Je me sens si lasse… je ne vois pas comment m'en sortir. Le malaise m'envahit tout entière. C'est pourtant lui qui devrait être à genoux, les jambes sciées, le souffle court.

Et voilà que Scott se donne des apparences de bonne conduite. Je tombe des nues. Tout le monde l'a vu aujourd'hui rejoindre Amélie à la sortie de l'école. Elle arborait son petit air triste des mauvais jours, lui semblait s'inquiéter pour elle. Ça a été comme un coup de poignard.

Il m'appelait Divine Nikkie, ma louve, ma panthère, ma chérie… il me vénérait. Grâce à ses mots, je me sentais incroyablement belle. S'il savait comment je me conduis maintenant, il ne me vénérerait plus du tout !

J'ai l'étrange et désagréable impression qu'avec Chris et Sin je ne maîtrise pas tout à fait mes actes et mes pensées. Vais-je trop loin parce que je sens qu'elles m'encouragent ? Ou bien cette influence n'est-elle qu'une excuse pour me venger en toute bonne conscience ?

~

« Tout le monde ment, tout le monde se trompe. »

« Non, pas tout le monde, pas moi. »

« Tout le monde a le droit à une deuxième chance. »

« Non, pas tout le monde, pas toi. »

~

Mon Dieu, si vous existez, faites que le concierge repeigne au plus vite le Mur des lamentations. Ce miroir m'insupporte.

~

Ballottée entre le lumineux et l'obscur de nos vies, je suis aveugle — tantôt dans le noir, tantôt éblouie. Je ne saurais pas l'expliquer. Je sens quelque chose que je n'arrive pas à nommer.

La lucidité me vient par vagues. Je surfe sur des impressions de ce qui devrait se passer, de ce que je devrais dire ou faire. J'analyse tout, prépare des réponses, mets au point des attitudes. J'ai alors envie de bonté, de calme, de retrouver cette sœur amie. De la comprendre.

Et puis la vapeur se renverse, je rêve de châtiment mortel, mes suppositions fusent dans tous les sens, je deviens malveillante, amère…

Que dois-je faire ? Me replier dans mes terres ? Cracher mon venin ?

Et si tout ça me parlait de moi ?

J'ai relu les lettres de Scott ce soir. J'en ai pleuré un coup. Je bascule. Aimer, ça ne s'apprend que sur le tas : essai, erreur, essai, erreur…

∾

Les draps ne sentent plus rien. Ni l'odeur de Nikkie, ni celle d'Amélie. Mon lit est vide et inodore. Yeux fermés, j'étire un bras, et ne touche qu'un oreiller abandonné. Disparus la chair ferme et chaude, le doux duvet des bras, la tendre rondeur des fesses. Mes paupières deviennent un écran sur lequel je projette la cambrure d'un dos soulignée d'une chevelure blonde.

Amélie. Je vois ta bouche, ma paume devine ton sexe sous le coton de la culotte. Je hume le parfum subtil de ton cou, l'odeur de tes aisselles. Mon sexe se fraye un chemin en toi, la chaleur empourpre tes joues, tes longs cils frémissent le long de tes paupières closes, tes lèvres humides s'entrouvrent.

Amélie. Ma main s'empare de mon membre gonflé. Je me caresse en pensant à toi, ma déesse.

Quand arrive la jouissance, j'éclate en sanglots. Je viens de tromper Nikkie une deuxième fois.

~

— Nicole !

Qui m'appelle encore comme ça ? Je déteste mon prénom. Il ne me va pas, il fait vieux jeu.

— Nikkie, il y a une dame qui t'appelle

là-bas, me dit Sin.

— Ne la pointe pas du doigt comme ça, elle va nous repérer ! Oh zut ! Trop tard.

C'est Anne, la mère d'Amélie. La suite probable se déroule en un éclair dans ma tête : un très mauvais film où je tiens le rôle de la méchante et sa fille, du martyr.

— On se voit demain, les filles.

— On s'appelle plutôt ce soir, tu nous raconteras.

— O.K., c'est ça, à ce soir.

En marchant vers Anne, j'ai l'impression de parcourir le *green mile*[*]. Mon bourreau porte un tailleur crème strict avec des talons hauts de la même couleur, et ses cheveux teints en blond platine ont une mise en plis impeccable.

— Allons au BP, nous serons plus tran- quilles, proposé-je.

Hypnotisée par l'abondante gesticulation d'Anne, je fixe ses ongles peints au rouge classique de Chanel. Ce qu'elle peut m'éner- ver, aujourd'hui. Dire que je l'ai si longtemps admirée ! Elle était presque devenue pour moi un modèle de féminité et de *sophistication*. Et

---

[*] Dans le roman de Stephen King porté à l'écran par Frank Darabont (*The Green Mile*), nom donné au couloir qui mène les condamnés à mort de leur cellule à la salle d'exécution.

puis j'ai appris que le mot « sophistication », en français, avait une connotation péjorative. Qu'il évoquait une élégance ou une beauté artificielle, fabriquée. Je m'étais mise à l'étudier d'un autre œil. Cette femme abandonnée cachait son amère solitude derrière son eye-liner et ses vêtements de haute couture bien repassés. Son mari l'avait quittée à la naissance d'Amélie. Il avait pris ses jambes à son cou après s'être attardé entre celles d'Anne. Le père d'Amélie donnait de ses nouvelles très sporadiquement au début, mais, ces dernières années, il se montre de plus en plus fréquemment. Il lui envoie de l'argent aux fêtes, manifeste son grand désir d'être présent pour sa fille. A-t-il vraiment changé ? Veut-il vraiment assumer son rôle de père, ou n'est-il motivé que par les remords et la honte ?

— Comme je viens de te l'expliquer, Nicole, il a fallu que je lui tire les vers du nez.

Quelle horrible expression ! Difficile de chasser de mon esprit l'image qu'évoque cette expression dégoûtante.

— Au début, elle se terrait dans son mutisme, mais hier soir elle a vidé son sac.

— Et il y avait quoi dedans ?

Anne ne daigne pas relever mon ironie.

— Je sais qu'elle t'a blessée. Elle le sait aussi. Elle s'en veut à mort. Et justement, j'ai peur. Tu dois me comprendre, Nicole, je suis sa mère. Une mère s'inquiète pour sa fille. Je crains qu'Amélie ne fasse des bêtises pour se punir.

Dans ses yeux tremblent quelques larmes. Je ne veux pas que tout le monde au BP s'aperçoive qu'elle pleure. Pour nous épargner à toutes les deux ses coulisses d'eye-liner, je me radoucis.

— Je ne pense pas que ce soit son genre. Je la connais bien, Amélie. Hier, avec mes copines, c'est vrai qu'on l'a un peu trop secouée. Mais à votre place, je ne m'inquiéterais pas ; elle va s'en remettre. Moi aussi, d'ailleurs — au cas où ça vous intéresserait.

— Il faut cesser de la brutaliser ; elle est si fragile, ma petite fille.

Telle mère, telle fille.

— Elle a compris ses erreurs, poursuit Anne. Malheureusement, elle ne peut pas rembobiner et recommencer.

— Malheureusement, comme vous dites.

— Elle aimerait bien…

— Moi aussi.

— Promets-moi que tu vas la laisser tranquille, je te le demande personnellement.

Ma mère se serait-elle comportée ainsi, pour moi ? Serait-elle venue à mon école pour me défendre de mes ennemies, me protéger ? Oui, sans doute. Avant que la mère d'Amélie ne me propose de l'argent contre mon silence, comme dans les romans savons, je prends les devants.

— Entendu. Maintenant, inutile de prolonger cette discussion plus longtemps, je vais y aller. O.K. ?

— Oui. O.K. Je compte sur toi, Nicole.

— Un détail avant de partir. Ça m'étonnerait que nous ayons l'occasion de nous revoir ; mais, s'il devait y avoir une prochaine fois, c'est Nikkie, pas Nicole.

Je la plante là, avec son eye-liner qui coule et sa tasse de café beurrée de rouge à lèvres. J'en ai assez de me sentir comme la coupable dans cette histoire.

De retour à la maison, je m'enferme dans ma chambre sans retourner la dizaine d'appels et de textos des filles ; je n'ai pas envie de parler et puis elles sont trop fouines. Pour me détendre, je télécharge un max de musique. Tellement que je risque de causer une indigestion à mon lecteur MP3 !

∽

Une ligne d'horizon
Donnez-moi une ligne d'horizon
Pour voir loin
Pour voir clair

J'ai cru qu'on serait amies pour la vie
Que toujours unies à quatre-vingts ans
On se bercerait toutes les deux sur le balcon
En potinant sur les voisins
En regardant passer le temps
Étais-je si naïve ?

J'affirmais qu'on pouvait tout avoir
Le bonheur, l'amitié
L'amour et la gloire
Puis-je encore prétendre à ça ?
Et toi ?

12

Quand Nikkie est partie, j'aurais voulu tout effacer, revenir en arrière d'un seul coup. J'ai cru mourir de honte. Et de tristesse. Pourtant je me détache lentement d'elle, de notre histoire. Comment est-ce possible ?

Amélie m'en veut. Je ne peux pas la blâmer. Je n'ai rien fait pour elle depuis le début de cette histoire. Sans l'ignorer, je n'ai pas su la rassurer, prendre soin d'elle, lui dire que ce que nous avons fait ensemble n'était pas une erreur. Ce n'est pas seulement un instinct animal qui m'a poussé vers elle ; c'est une attirance profonde. Je suis habité par toute la gamme des émotions depuis quelques jours. Honte, colère, désir, peine d'amour, peur de perdre, peur de continuer, papillons dans le ventre… Aussi fort que soit mon malaise, mon désir de la voir est encore plus fort.

~

Étendue sur la pelouse humide du parc — je profite d'une rare accalmie dans le mauvais temps qui persiste depuis quelques jours —, j'observe les chiens qui jouent. C'est bien, une vie de chien. Les humains devraient essayer de leur ressembler davantage. Dormir n'importe où. Courir pour rien. Jouer. Sauter de joie. Aimer inconditionnellement.

— Eh, Nikkie ! Que fais-tu là ?

Qui donc ose ainsi me tirer de ma rêverie ?

— Josh ! Salut ! Je vis ici, figure-toi. C'est moi qui devrais te poser la question, espèce de grand voyageur !

Il rit.

— Scott passe le week-end au lac à la Perche, j'ai cru que tu y allais aussi.

— Eh bien, non, comme tu vois.

— C'est ton jour de chance, alors !

— Comment ça ?

— Si tu es libre ce soir, viens au Studio Orange. On enregistre un nouveau single avec Hot Maggie.

— Génial ! Qu'est-ce qui l'amène à Montréal ?

— Elle tourne un clip ici, alors elle a décidé de faire d'une pierre deux coups. Tu pourrais me retrouver à l'appartement vers dix-sept heures? Comme ça, on ira ensemble.

— J'y serai!

— Cool.

Un ange passe. On se regarde en souriant.

— Bon, eh bien, à plus tard.

— C'est ça. À l'appart.

En traversant le parc pour rentrer chez moi, j'aperçois Chris et Sin qui font le pied de grue sur le perron.

— On venait aux nouvelles... explique Sin.

— Entrez donc, on sera plus à l'aise.

— C'était qui le beau mec? demande Christine. On n'a pas voulu vous déranger...

— C'est le frère de Scott.

— Wow! Tu as le sens de la famille, toi!

— Très drôle.

— Qu'est-ce qu'elle te voulait, la mère d'Amélie? s'enquiert Sin.

— Me demander de foutre la paix à sa fille, résumé-je.

— Elle est vachement culottée! s'indigne Chris. D'autant que sa fille, elle, se déculotte plutôt facilement...

— Je lui ai donné mon accord.

— Quoi?! s'écrient-elles en chœur.

— Écoutez, les filles, je n'ai plus envie de m'acharner sur Amélie.

— C'est vrai que, pendant ce temps-là, Scott s'en sort indemne, remarque Chris.

— Ce n'est pas ce que j'ai voulu dire, protesté-je.

— Tu t'es peut-être assez vengée d'elle, mais pas de lui. Il doit payer, décrète Sin. En tout cas, tu es bien partie, avec son frère. Ça, ça va lui faire mal !

— Je ne sais pas… je ne sais plus. Je suis un peu mêlée ces temps-ci. On met trop d'énergie là-dedans, vous ne trouvez pas ?

Mes deux copines se regardent, atterrées. Elles ne comprennent pas ma volte-face. Moi non plus d'ailleurs.

— Je veux prendre un peu de recul, poursuis-je. Me concentrer sur la fin des classes, sur le bal des finissants…

— Franchement, Nik, je ne te suis pas, coupe Sin. Un jour tu tires des fléchettes sur une cible avec la photo de Scott épinglée au milieu… et le lendemain tu ne lui en veux plus ?

— C'est plus compliqué que ça.

— Un jour tu hisses Amélie au bûcher, le lendemain tu la ménages ? renchérit Christine.

— Avoue que c'est bizarre, dit Sin.

— Sans doute, reconnais-je. Mais il faut

que vous partiez, maintenant. J'ai rendez-vous, je dois me préparer.

— Un rendez-vous ? s'allume Christine. Ah ! je vois, avec le frangin ! Coquine, va !

∼

Les filles peuvent bien imaginer ce qu'elles veulent ; entre-temps je serai tranquille. Je n'ai pas l'énergie de répondre à leurs questions… ni aux miennes. Avoir la tête et le cœur légers, voilà tout ce qu'il me faut. Oublier mes soucis, laisser s'envoler la rancune, mordre dans la vie à pleines dents, rire, créer, interpeller l'impossible. Bref, redevenir une jeune femme pleine de rêves et d'avenir. Vivante. Incroyablement vivante.

∼

Revoir l'appartement me met à l'envers. Je n'y avais plus mis les pieds depuis cette vision d'horreur : mon amoureux et ma meilleure amie dans ce que je considérais comme *mon* lit…

Si Josh ne sait rien, il doit commencer à se douter de quelque chose — je n'ai pas l'air de me sentir chez moi. Depuis l'encadrement de la porte, j'aperçois quelques-unes de mes affaires qui traînent dans un coin de la chambre. Je n'entre pas. On verra ça plus tard. Pour l'instant je préfère qu'on ne s'éternise pas ici.

— C'est de nouveau le déluge dehors, observé-je. J'en ai ma claque de cette pluie ! Tu es prêt ?

— Oui, mais toi tu es trempée. Tu veux une serviette ? Tiens, prends ça. Wow ! tes cheveux ont poussé. Ça fait longtemps qu'on ne s'est pas vus.

— Un petit bout, en effet.

— Pour moi, l'hiver, la pluie, tout ça sera bientôt terminé ! Je m'installe pour de bon en Californie. J'ai obtenu mon visa, tout est en règle.

— En Californie ? Super ! Où ça ?

— À Los Angeles, la cité des anges. D'ailleurs, s'il manque d'anges, je te ferai signe : tu serais parfaite dans le décor !

— N'en mets pas trop, Josh.

Je proteste avec le sourire. Les compliments, la légèreté, ça fait toujours du bien. J'en oublie presque qu'il est le frère de l'autre…

106

13

Il pleut au lac à la Perche. À peine une bruine, un crachin, mais qui dure depuis bientôt une semaine. Cela me rappelle notre long week-end dans le Maine, l'été passé. Il avait plu comme ça le dernier jour. Ça ne nous dérangeait pas trop parce qu'un beau soleil avait brillé sans arrêt depuis notre arrivée. Les parents de Nikkie insistaient pour partir en matinée : pourquoi rester sous la pluie ? Mieux valait prendre tôt la route au lieu de conduire de nuit.

Nous en avions profité jusqu'à la dernière minute, Nikkie et moi, en passant l'avant-midi dans le petit solarium avec vue sur la mer à regarder les mouettes jouer. C'est beau, le bord de mer, par mauvais temps. Les irréductibles promènent leurs chiens, la plage leur appartient. La couleur de l'eau se confond avec le ciel bas. Parfois la mer s'agite et de grosses vagues se fracassent en gerbes rageuses contre les rochers.

J'ai toujours le petit poème qu'elle m'avait donné ce matin-là, glissé dans un coquillage.

Un gilet à boutons gris
Ou peut-être kaki
Ils s'embrassaient en catimini
Dans le resto envahi
Avec son long manteau rouge
C'est si beau lorsqu'elle bouge
Jeunesse
Ivresse
Tristesse
Puis allégresse
Vitesse
Départ
Retard
Avis de recherche
Je te tends une perche
Saisis-t'en
Ou va-t'en
Moi j'en ai pour longtemps
Tu m'attends ?

Oui. Je l'attends. Non. Je l'attendais. Je ne sais plus ce que je veux. Je n'aime pas ce que Nikkie est devenue. Je ne la reconnais pas dans cette attitude belliqueuse, fielleuse.

Avec son tempérament de feu, elle a toujours aimé se quereller, c'est vrai, mais pas de cette manière-là.

— L'amour rend aveugle, dit Mom's. Tu n'as tout bonnement pas remarqué ce côté de Nikkie auparavant.

J'ai peine à le croire.

Ma louve, méchante, calculatrice, rancunière ? Selon moi, ce ne peut être que passager. Elle réagit. Elle se protège.

— Ne sois pas méchante, maman.

— Tu ressembles de plus en plus à ton père. Il me rappelait à l'ordre lui aussi, des fois. Il disait : «*Don't be mean**, *Solange.*» Vous avez raison tous les deux. Mais une mère n'aime pas voir souffrir son fils…

— Ça va aller, Mom's. Mieux vaut garder tes jugements pour les occasions qui en valent la peine.

— Tu deviens sage, mon grand.

— Tu vois bien que tu n'as pas à t'inquiéter pour moi.

≈

En route pour le studio, Josh se met à me dévisager, comme s'il pressentait la vérité,

---

* Ne sois pas méchante.

puis il me sourit et pose une main sur mon épaule.

— Comment ça va, mon frère et toi ? me lance-t-il.

— Disons que j'essaie de passer à autre chose.

— Quel genre de chose ?

Blagueur, dragueur, Josh enroule son bras autour de ma taille.

— Le Studio Orange va te changer les idées. Tu vas découvrir ce qui se trame dans le merveilleux monde de la musique.

En arrivant dans le hall, nous croisons le guitariste de Hot Maggie.

— *Hey, Joe, what's up ?* Je te présente Nikkie, elle va assister à la séance de ce soir.

— Enchanté, mademoiselle ! Salut, Josh !

— Je ne vous dérange pas ? dis-je.

— Pas du tout, Nikkie ! Plus il y a de filles dans un studio, mieux on se porte, pas vrai, Josh ? Surtout des jolies comme toi.

— La plus jolie, renchérit Josh en me tenant la porte.

Ce Joe me prend pour une groupie, c'est clair. Mieux vaut m'en balancer. Mais un truc que je déteste, c'est monter les escaliers devant un homme, parce que je sais qu'il en profite pour me regarder le cul. En grimpant devant Josh, je voudrais enjamber les marches quatre à quatre pour arriver au plus vite en haut. Sauf que, dans ma précipitation, j'en rate une, et c'est lui qui me rattrape, une main en plein sur le popotin. Ça n'a pas l'heur de lui déplaire.

— Oh pardon ! m'écrié-je.

— Tu ne l'aurais pas fait exprès, coquine ?

— Tu rêves, mon cher.

Il rigole.

C'est impressionnant, un studio de son. La console surtout. Je me demande comment on s'y retrouve ! Je m'installe sur un tabouret en retrait après avoir été brièvement présentée aux membres du groupe, au réalisateur du single et à Hot Maggie. Cette artiste a une aura extraordinaire, très authentique. Je la connais surtout pour ses chansons assez rock ; pourtant il émane d'elle une étonnante douceur. Peut-être parce que nous sommes les seules femmes ici, elle m'accueille très chaleureusement. Les studios, la scène, la musique, c'est un monde de gars — bien que cela tende à changer.

Josh travaille avec le réalisateur dans la première pièce et les musiciens sont de l'autre côté d'une vitre. Je ne pensais pas que c'était si compliqué d'enregistrer une chanson. Il y a tellement de prises, de mixages, que j'ai arrêté de compter. De temps à autre, Josh se tourne vers moi et me sourit. J'observe tout ce qui se passe avec beaucoup d'intérêt. C'est laborieux, mais fascinant. Pour me donner une contenance, je suis le rythme en tapant légèrement du pied.

À la pause, Hot Maggie vient me retrouver. Je ne m'attendais pas du tout à cela — la star et la gamine…

— Josh me dit que tu écris des chansons. Je peux les voir ?

— Oh ! je ne sais pas, ça me gêne, vraiment…

Quel emmerdeur, celui-là ! Mais pourquoi lui a-t-il parlé de moi ? Je ne vois que deux raisons possibles : soit il veut légitimer ma présence ici, soit il veut ma mort ! Peut-on mourir de honte ?

— Je suis moi-même auteure-compositrice-interprète ; je sais ce que c'est, m'assure Maggie. L'écriture, ça ne se partage pas si facilement. Mais il faut s'y mettre avant que les tiroirs ne débordent. Bien sûr, quand on s'expose au jugement des autres, ça peut faire mal. Voilà pourquoi il faut livrer le meilleur produit possible.

— C'est que, voyez-vous, pour moi le texte n'est pas un produit, répliqué-je.

Elle rit. Pas de moi, pourtant. De ma naïveté, peut-être ?

— C'est vrai que le texte n'est pas un produit, concède-t-elle. Mais une fois transformé, mis en musique, interprété, enregistré, vendu puis écouté par des milliers de gens qui se l'approprient à leur tour, il le devient, que tu le veuilles ou non. Ton texte, tu dois être prête à le laisser aller, s'émanciper, faire son chemin et atteindre son but : toucher les gens. C'est pour ça que l'interprétation est si importante. La voix, les expressions du visage, la gestuelle, tout ça est un vecteur pour transmettre réellement ce que les mots ont à dire.

Je reste bouche bée. Ce que Maggie vient de me dire, c'est comme si je l'avais toujours su, sans pouvoir le formuler. Elle m'offre son expérience sans détour : je n'ai qu'à ouvrir toutes grandes mes oreilles pour m'engager dans ce monde-là.

— Alors, tu ne changes pas d'idée ? Tu ne veux toujours pas me faire lire tes chansons ?

— D'accord, acquiescé-je. Mais… ici ? Maintenant ?

— Pourquoi pas ? Pendant que les gars mangent, on a le temps.

— O.K.

Je lui livre mon carnet comme d'autres donnent leur cœur — je suis à la fois vulnérable, attentive, apeurée et enthousiaste.

— Où as-tu appris à composer des chansons? me demande-t-elle au bout de quelques pages.

— J'ai quelques notions de base. En fait, je suis surtout autodidacte.

— Tu te sous-estimes, ma belle. Il faut plus que «quelques notions de base» pour équilibrer une chanson comme tu le fais. As-tu des mélodies en tête?

— Plus ou moins... il m'arrive d'égratigner des cordes.

— Tu n'es pas très sûre de toi! J'étais pareille à ton âge.

Je me fais peut-être des idées, mais ça ressemble au début d'une belle complicité.

∽

La soirée au studio de son m'a permis de voir la musique d'une toute nouvelle manière. Je sais maintenant plus que jamais que je veux me lancer dans ce métier. J'ai envie de mettre les bouchées doubles, triples, quadruples pour faire ma place. Il me semble que j'en suis là. Et les commentaires de

Hot Maggie m'encouragent. Je ne peux pas croire qu'elle m'a demandé de retravailler quelques textes et de les lui envoyer. Elle croit vraiment que j'ai du potentiel ! Je rêve.

Depuis ce soir-là, je me plonge corps et âme dans la création au point de ne plus savoir quel jour on est. Dès que possible, j'enverrai mes nouvelles versions à Maggie par courriel. Elle est repartie, mais nous gardons le contact et j'ai l'incroyable impression d'avoir trouvé un guide. *Une* guide.

J'ai voulu être mystérieuse, fougueuse, indépendante. Je voulais être aimée. Préférée. Chacun veut compter plus que tout pour l'autre. L'amour, toujours l'amour, tout ne parle que de ça. Moi, j'ai envie de parler d'autre chose. De la vie, de l'espoir. Et que quelqu'un me chante.

14

J'aperçois Chris et Sin qui sortent en vitesse du vestiaire attenant au gymnase, les bras chargés de vêtements : ceux d'Amélie — qui, une fois son cours terminé, trouvera son casier vide. Mes deux acolytes se tordent de rire. Je fonce vers elles.

— Qu'est-ce que vous fabriquez ?

Elles sursautent.

— Ah ! Nikkie, c'est toi. J'ai cru que c'était la surveillante ! dit Christine.

— Ouf, soupire Sin, j'ai eu peur !

— J'ai promis de la laisser tranquille. Et vous lui piquez ses vêtements !

— Ce n'est pas à elle, c'est…

— N'aggrave pas ton cas en mentant, Sin, la coupé-je. C'est moi qui ai offert ce T-shirt à Amélie pour son anniversaire ! C'est à moi que vous faites du tort avec vos mauvais coups. C'est ma parole que vous remettez en cause.

Christine tente de m'amadouer.

— Ce n'était qu'une petite blague, Nikkie, ne te fâche pas…

Mais je n'ai pas envie de rigoler.

— Rendez-moi ça et fichez le camp. Idiotes.

Dans le vestiaire, Amélie, vêtue de ses shorts et de son dossard de basket-ball, se tient toute voûtée sur son banc. L'air découragé, elle me regarde entrer, chargée de ses vêtements.

Je m'approche d'elle.

— Tiens, je crois que c'est à toi.

— Merci.

Je ne tiens pas à m'éterniser. Je fais demi-tour, mais Amélie me retient :

— Nikkie, j'aimerais tellement qu'on se parle, je…

— Écoute-moi bien, Amélie. Lorsque tu me vois dans le bus ou dans la rue, si tu veux me saluer, libre à toi. Mais moi, je n'ai rien à te dire. Je ne veux plus avoir affaire à toi. C'est tout.

À la sortie du vestiaire, une immense lassitude s'empare de moi. Quand on tourne une page, il faut se convaincre que la suivante recèle plein de surprises, sinon c'est la déprime à coup sûr. Pour ma part, j'ai donné dans la déception au cours des dernières semaines avec mes nouvelles compagnes Tristesse, Rancune et Manipulation. Celles-là aussi, je les abandonne au vestiaire. À partir de maintenant, je me promets de jeter un regard plus sain sur ma vie, de croire en moi, de garder la tête haute, de foncer. Après tout, le secondaire est presque terminé. Et j'ai toute la vie devant moi !

～

Une seule phrase brille sur la porte fraîchement repeinte des toilettes du deuxième étage.

« La pute vous présente ses excuses et s'en va. »

Je rajoute mon point final :

« Bon débarras. »

～

Pas l'ombre d'Amélie dans les couloirs de l'école depuis une semaine. Les pires inquiétudes me traversent l'esprit. Le discours de sa mère a fini par s'insinuer en moi. S'il fallait que… ? Rien que d'y penser, mon ventre se noue de remords.

15

Son invitation m'a d'abord surpris. Après tout, j'avais traité Amélie comme Alex traitait ses conquêtes d'une nuit. Trop préoccupé par les contrecoups de ma rupture avec Nikkie, j'en avais même oublié qu'Amélie devait être terriblement malheureuse. Elle aurait toutes les raisons du monde de m'en vouloir. J'espère seulement que ce n'est pas pour déverser sa rancune qu'elle m'a convié ici.

Je suis en avance. Je ne veux pas, en entrant dans le restaurant, la chercher du regard à chaque table et m'avancer sans trop savoir quelle attitude adopter. Je suis mieux comme ça, assis, le nez dans un livre.

La voilà.

— Salut, Scott. Désolée pour le retard, j'ai raté mon bus.

— Non, non, je suis content de te voir… Tu veux boire quelque chose ?

— Je ne refuserais pas un mokaccino glacé.

Elle a dit ça avec un beau sourire qui dévoile ses dents parfaites. Elle a remonté ses cheveux en chignon, et seules quelques mèches viennent chatouiller sa nuque. Je me lève pour commander nos cafés au comptoir. À la manière dont elle s'est glissée sur la banquette à côté de moi, à la douceur de son expression, je sais qu'elle n'est pas venue pour me punir.

— J'ai obtenu la permission de l'école de terminer mon semestre en autodidacte, puisqu'il ne reste que trois semaines. Je vais me présenter seulement à l'examen final.

— Ils ont été compréhensifs, pour une fois.

Trop nul comme réponse. Mais Amélie devine mon malaise et me sourit.

— Pour une fois, oui.

— Ç'a l'air d'aller.

— Disons que cette pause m'a aidée à prendre mes distances…

Il y a tant d'humanité, de douceur chez cette fille. Cela peut paraître mièvre, mais, quand j'évoque notre étreinte, j'ai la nostalgie de sa sensibilité.

J'en suis encore à tenter de faire fondre la gêne qui persiste malgré tout entre nous quand elle me balance cette phrase toute simple qui pourtant me sidère :

— On s'y est pris à l'envers, nous deux.

— Tu veux dire… ?

— En commençant par coucher ensemble. Après, c'est difficile de construire.

C'est là que la vérité me frappe de plein fouet avec une violence inouïe. Soudain tout me semble clair.

— On avait commencé bien avant, Amélie. Les bases, nous les avions déjà jetées. Faire l'amour, c'était un aboutissement.

J'ai peine à croire que je viens de déballer ça, sans respirer. Elle est songeuse, tourne et retourne sa petite cuiller contre la porcelaine de la tasse.

Je voudrais l'inviter au bal, mais oserai-je ? Après ce qui s'est passé entre nous, ai-je même le droit de lui demander de sortir avec moi ? Si elle refuse ? Mes tergiversations paraissent sûrement sur mon visage. J'en suis à me demander quelle attitude adopter devant son silence, quand elle pose sa main sur mon genou. Ça m'électrise. Le sang inonde tout mon corps comme si un barrage venait de céder. Je louche sur sa bouche gourmande. Mon cœur bat dans mon sexe. C'est elle qui s'approche et m'embrasse. Je suis aux anges. Une joie immense s'empare de moi.

— Il n'y a qu'avec toi que je suis bien, que j'ai encore le goût de rire, m'avoue-t-elle. J'aimerais bien t'en vouloir encore, mais…

— Tu n'imagines pas à quel point tu me touches. Avant toi, tout semblait tracé d'avance. J'avançais avec Nikkie, dans une direction que je croyais être celle du bonheur. Et puis, un beau jour, après que je t'ai vue cent fois pourtant, tu m'es enfin *apparue*. Tu es là et je lévite. Je me sens devenir un autre. Devenir… un homme.

Les mots sont sortis sans l'intervention de ma volonté, juste charriés par une pulsion de vie. Les yeux d'Amélie me scrutent comme si elle cherchait à discerner le vrai du faux ; j'ai du mal à soutenir leur éclat. Je souris.

— On s'en va d'ici ? proposé-je.

Son regard s'éteint brusquement.

Je chavire. Tout d'un coup, mes certitudes s'écroulent. D'abord, j'ai cru vouloir retrouver ma vie d'avant. Ensuite, j'ai fantasmé que j'en menais deux parallèles. Enfin, je croyais avoir trouvé mon cap ; mais me voilà à la dérive. Je ne sais plus qui tient la barre de mon rafiot qui prend l'eau de partout. Il y a si longtemps que j'ai quitté la terre ferme…

Je dois coûte que coûte tenter une manœuvre.

— Je te raccompagne, tu as un examen à préparer…

Le sourire d'Amélie revient. Ouf !

On dit que les dauphins communiquent entre eux et s'alertent des dangers. Moi, pauvre bipède, je n'ai personne pour me prévenir. Le piège se referme sur moi et je crains d'y prendre goût…

Peut-on aimer deux personnes en même temps ? J'en regarde une partir, le cœur serré ; et j'espère l'autre, le cœur battant.

～

Sin, Chris et moi sommes un peu brouillées depuis l'histoire du gymnase. Elles sont allées trop loin. Je ne veux pas devenir une garce.

Je les aime, mes copines. Elles ont été là pour moi dans un moment crucial, sans jamais me laisser tomber. Cela, je ne l'oublierai pas. Sauf que le tourbillon de vengeance qui nous a emportées n'a rien de très constructif. Mieux vaut me donner à fond dans mes études pour l'instant. Je les retrouverai après…

Ce que j'ai pu être paresseuse, depuis le début du printemps ! Je dois me ressaisir. Ce serait trop bête que ma moyenne chute.

～

Quel immense soulagement ce matin quand, en entrant dans le gymnase aménagé pour l'examen de fin d'année, j'ai aperçu Amélie. Nos regards se sont croisés et j'ai choisi de ne pas mettre de dureté dans le mien. On a terminé en même temps. En sortant de la salle, elle m'a saluée. J'ai eu envie de lui parler, de lui souhaiter bonne chance, bonnes vacances. Mais je lui en veux quand même encore, alors je n'ai rien dit.

16

Chère Nikkie,

J'ai reçu tes textes hier : you're the real deal ! Don't let anyone tell you otherwise *. J'ai une proposition à te faire. Vois si cela t'inspire, parles-en à tes parents et donne-leur mes coordonnées afin qu'ils communiquent avec moi. J'ai signé avec S & H pour le prochain album avec un major américain, en Californie. J'aimerais utiliser certains de tes textes, mais il faudrait d'abord les retravailler encore un peu. Tous ensemble, bien sûr ! Si tu peux profiter de tes vacances d'été pour venir ici, à Los Angeles, nous essaierons de t'inclure le plus possible dans toutes les étapes du processus. Ça te familiarisera avec les méandres du métier.

Pour le logement, on s'arrangera, ce ne devrait pas être bien compliqué ; je vais de

---

* Tu es une vraie de vraie ! Ne laisse personne te dire le contraire.

ce pas en parler aux autres. En revanche, pour l'argent, tu devras t'organiser. Nous te négocierons un cachet pour les chansons sélectionnées, mais tu auras besoin de plus que ça : la vie sous le soleil est chère !

Réponds-moi dès que possible. C'est l'heure de plonger, mademoiselle ! J'espère que tu sauteras sur l'occasion.

À bientôt,

Maggie xoxo

∽

Au terme de longues négociations, mes parents se sont rangés de mon côté : une chance inattendue se présente à moi, que je serais folle de refuser. Je vais donc partir deux mois et demi à Los Angeles, Californie. Si le ciel le veut bien, je signerai les paroles de trois nouvelles chansons de S & H !

Déménager du nord de la côte Est au sud de la côte Ouest, même temporairement, c'est une bénédiction pour moi. J'ai vraiment envie de changer d'air. Cette aventure, ce sera un peu comme un stage. En tant que novice qui tombera dans le bain d'un seul coup, je m'attends à ce que ce soit très intensif! C'est tellement génial qu'ils croient en moi au point de me donner cette chance! D'autant plus que c'est rarissime qu'une parolière suive ainsi le groupe pour lequel elle écrit.

Mon destin est-il vraiment de faire une carrière de parolière? D'aussi loin que je me souvienne, j'ai toujours jonglé avec les mots. Cela fait tellement partie de moi que j'ai du mal à croire que je puisse être payée pour écrire! Toute petite, dès qu'on m'a appris à former des lettres, j'ai commencé à noircir du papier.

~

Les producteurs de l'album ont d'abord manifesté quelque réticence à enregistrer mes textes. Ils me trouvent bien jeune pour signer autant de plages sur un seul disque. Hot Maggie a insisté pour faire un démo, elle affirme que mon univers l'a subjuguée. Cela a eu un poids énorme dans la balance!

Ils ont donc accepté pour le démo. Maintenant, je dois vraiment faire mes preuves!

Je plonge. Plouf!

~

C'est Josh qui m'annonce la nouvelle.

— Comment prends-tu ça ?

— Bof…

— Eh bien ! Question précision, difficile de s'attendre à mieux…

— Que veux-tu que je te dise ? Mon propre frère profite de sa « célébrité » pour attirer mon ex-amoureuse dans ses filets…

— Tu délires !

— … et l'emmener à l'autre bout du continent.

— D'abord, Scott, je n'ai rien à voir dans l'occasion qu'on lui a offerte.

— Permets-moi d'en douter. Tu as flashé sur ses carnets la première fois que tu as posé l'œil dessus.

— Ce n'est quand même pas moi qui l'ai poussée à saisir sa chance !

— Nikkie aux États-Unis, ça promet ! Et j'imagine que tu n'es pour rien dans le fait qu'elle va poser ses valises chez toi ?

— Comment sais-tu ça ?!

— Je l'ignorais. J'allais à la pêche, mon homme. Et tu as mordu. Le gros poisson confirme mon intuition. Je te précise qu'on se connaît depuis, hum ! disons, au moins toute notre vie, non ? Alors je sais quel genre de type tu es, quelles femmes te plaisent, et tes tactiques pour les séduire. Je sais aussi que tu préfères les motels en bordure de la route aux maisons où l'on s'installe pour longtemps. Je t'avertis, Josh : ne te sers pas d'elle.

— Elle peut très bien se protéger toute seule, crois-moi. Il n'est pas un peu tard pour prendre soin d'elle, d'ailleurs ?

— Oh ! Va au diable.

— C'est ça, oui. Quelle maturité ! Bravo, Scott. De toute façon, elle n'est pas très dévergondée, ta Nikkie…

— J'avais remarqué. Maintenant, dégage et laisse-moi tranquille.

Au fond, je n'ai pas vraiment à m'inquiéter pour Nikkie. Comme je connais la panthère, elle va sans doute remettre Josh à sa place en moins de deux. Je ne peux m'empêcher de sourire en imaginant la scène.

17

La ville où l'on grandit détermine une bonne part de son identité. Bien sûr, Nikkie à Montréal, l'hiver, et Nikkie à Los Angeles, sous les palmiers, ce n'est pas la même fille. Mais où que j'aille, j'emporte partout avec moi mes racines.

Ce qui m'a le plus frappée en arrivant en Californie, c'est le culte du corps, de la beauté. En un seul après-midi à la plage, j'ai vu tant de filles et de garçons rouler à vélo ou en patins, courir, s'entraîner au gym (il y en a un à ciel ouvert sur la plage!), nager, surfer, jouer au volley-ball… C'est incroyable! Tous plus sveltes, plus blonds, plus athlétiques les uns que les autres. De quoi donner des complexes à bien des gens. Pas à moi cependant: malgré toutes mes imperfections, je me trouve très bien comme je suis. J'ai acquis cette aisance que j'admirais chez Chris. Il a fallu que je traverse le continent pour me l'approprier. Mais j'avoue que les œillades répétées du sauveteur ne nuisent pas !

Los Felíz, le quartier où j'habite, attire pas mal d'artistes. Il y a plein de petits restos, de cafés, de friperies très chouettes. Deux, trois cafés y sont tenus par des Parisiens expatriés, ce qui me permet d'entendre un peu de français. Mais on n'y parle pas comme chez nous avec ces fins de phrases si musicales. Sinon, cette langue est presque totalement absente de mon quotidien. Le passage à l'anglais ne me pose aucun problème : je l'ai toujours parlé la moitié du temps à la maison. Mais les racines latines du français, qui lui apportent un petit quelque chose d'unique, me manquent souvent.

Cette ville est immense. On se demande comment se sont retrouvés là, au beau milieu d'un nulle part si sec, des millions de gens agglutinés autour de quelques collines dans des maisonnettes à l'architecture mexicaine, cernées d'un gigantesque réseau d'autoroutes à cinq voies. Hallucinant.

J'habite avec l'attachée de presse de S & H — l'ex-copine de Josh. Nous nous étions croisées lors de ce fameux spectacle à Montréal, alors que je commençais à peine à fréquenter Scott… Cela me semble si loin maintenant ! J'ai d'abord passé deux semaines chez Josh, lui sur le canapé, moi dans sa chambre, avant que la place chez Virginia se libère.

Ma colocataire travaille avec plusieurs groupes indépendants, ce qui nous donne l'occasion d'assister à de nombreux spectacles. J'adore le son de ces groupes émergents. Je trouve qu'il y a chez eux un retour aux sources incroyable, une pureté dans le son et dans la mélodie qui… m'enchante, c'est le cas de le dire !

Mes deux premières semaines californiennes, je les ai passées à Venice Beach, sur la côte. C'est l'une des plages les plus animées. Il y a d'innombrables terrasses et plein de petites boutiques d'affiches de cinéma, de vêtements… Le premier jour, je me suis installée sur le sable blanc et ne me suis relevée qu'au coucher du soleil. J'ai répété ce rituel plusieurs jours d'affilée. Jusque-là, je n'avais vu la mer que dans le Maine. Je me souviens de ce matin où Scott et moi avions regardé la pluie se fondre avec la mer ; la mélancolie s'était emparée de nous. C'est beau, être triste avec quelqu'un dont on est assez proche pour se laisser envahir ensemble par un doux vague à l'âme…

Ici, ce n'est pas le même océan et je ne

suis pas du tout mélancolique. Au contraire : je me sens fébrile, allumée… et en paix.

Ce soir, la ville est bleue, d'un bleu fluorescent presque métallique. Une couche de smog voile encore le ciel et les étoiles, que remplacent bientôt les lumières scintillantes. Cette cité sublime est un miroir où se mirent les montagnes, les plages et le désert. Çà et là se dressent les silhouettes des palmiers, champignons exotiques émergeant du bitume. Voilà maintenant un gros mois que je vis à plein régime dans la cité des anges. Et je me sens pousser des ailes.

Je m'échine sur plusieurs textes en même temps, sans savoir lesquels nous garderons à la fin. Je les aurai travaillés, retravaillés et encore travaillés avec les membres du groupe avant que leur sélection ne soit définitive. Hot Maggie m'apporte un soutien inespéré ! Sur ma chanson *Think about life* *, les membres du groupe ont composé une mélodie sublime. Je sais déjà qu'il me faudra réécrire quelques couplets pour que les mots et les notes s'accordent. Les gars essaient de produire un son naturel, qui souligne subtilement les textes. Un son qui rappelle le rock *indie* — résolument moderne, mais empreint d'un

---

* Pense à la vie.

classicisme méticuleux. La musique me prend aux tripes. J'en ai parfois des frissons ! Mes mots me semblent cent fois plus porteurs qu'avant, parce que la mélodie s'enroule autour d'eux et les glisse jusqu'à moi. Leur lumière se rend jusqu'au cœur. C'est incroyablement grisant de voir son œuvre prendre vie grâce au travail de musiciens de talent et à la voix magique de Hot Maggie.

Je me suis enfin déniché un petit café à mon goût pour écrire. C'est vraiment trop difficile de me concentrer au studio, je me laisse happer et fasciner au point d'en oublier ma raison première d'être là ! Et puis je commençais à regretter mes banquettes défoncées du BP. J'ai découvert le chic Al's Coffee Shop, dont la cuirette n'a rien à envier à celle de son cousin montréalais. C'est Scott qui apprécierait. Ouvert jusqu'à l'aube, Al's est le reflet de la ville : selon les heures on y côtoie des pauvres, des riches, des travailleurs, des touristes, des paumés, des *fashionistas**, des jeunes, des vieux… Cet endroit est à l'image de Los Angeles et illustre fièrement ses contrastes, des palaces aux parkings. C'est un véritable laboratoire qui me fournit le matériau nécessaire pour noircir plusieurs carnets.

---

* *Fashionista* : personne obsédée par la mode.

La fin de semaine, nous quittons le boulot pour la plage, jamais la même : Laguna Beach, Zuma Beach, Point Dume, Malibu, Marina del Rey, Escondido… J'ai l'impression de vivre dans un rêve. Dans dix jours, Christine et Cynthia débarqueront à LAX* pour une petite visite. J'ai hâte de les revoir. J'espère qu'elles auront changé, tout comme moi. Ce qui est bien avec les voyages, c'est que les gens s'attendent à nous trouver transformés, alors ils accueillent tout naturellement cette métamorphose.

Pendant la visite de mes amies, S & H donnera une prestation lors d'un concert-bénéfice pour l'environnement. Je les y emmènerai. Elles vont s'évanouir lorsque je leur annoncerai que l'animateur de la soirée n'est nul autre que Preston Pixx…

L.A. consolide ma cuirasse. Demain on présente le démo, et il ne me reste qu'à croiser les doigts pour que ça plaise aux grosses pointures. Ces chansons, nous y avons consacré tellement d'énergie qu'il est impensable que cela se termine en queue de poisson. Je ne m'en remettrais pas.

---

* LAX : code qui désigne l'aéroport international de Los Angeles (comme YUL pour celui de Montréal).

18

Il faut tout reprendre depuis le début. Je suis complètement atterrée, découragée. J'ai la langue à terre. Dans quelle galère me suis-je embarquée ? Si seulement quelqu'un pouvait me le dire ! Mais qu'est-ce qu'ils ont, mes textes ? Ils ne sont pas bons ? Ils ne collent pas avec l'image du groupe ? Qu'est-ce que cela veut dire ?

Hot Maggie tente de me calmer.

— Josh manque tellement de tact ! Rassure-toi, ce n'est pas si terrible que ça en a l'air.

— Mais Maggie, ils veulent tout changer de mes textes : chaque couplet, chaque refrain, la… les…

— Du calme ! Et arrête de tourner comme une girouette, tu vas me creuser une tranchée dans le tapis ! *You're making me dizzy, girl* [*] !

---

[*] Tu m'étourdis, fille !

Elle me saisit par les épaules pour me forcer à poser les fesses sur le canapé.

— Bon. Ah! ce Josh. Quel caractère! Je ne comprends d'ailleurs pas pourquoi c'est lui qui est venu te rapporter les paroles du producteur. Je vais t'expliquer, moi, ce qui a été convenu: on va revoir ensemble quelques passages des trois pièces pour qu'elles cadrent bien avec moi, pour que ce soit crédible. Tu comprends, une chanson, il faut se la mettre en bouche. Il est certain qu'il faudra modifier un peu la musique, mais ce n'est rien de majeur. Tu vois? Il n'y a rien d'insurmontable. Les producteurs vont adorer ça, j'en fais mon affaire! Et le public aussi!

— Tu crois… vraiment?

— Puisque je te le dis.

— Bon, eh bien, dans ce cas…

— Dans ce cas…?

— … Au travail!

— *That's the spirit!* [*]

≈

Chris et Sin ont atterri à l'heure prévue à l'aéroport. Nous sommes tombées dans les bras les unes des autres comme de vraies

---

[*] Voilà la bonne façon de voir les choses!

filles : avec force cris, bisous et accolades. Je me réjouis plus que je ne l'avais envisagé. Virginia et moi avons transformé le salon en petit loft où elles se sont tout de suite senties chez elles. Nous nous sommes toutes très bien entendues. En trio, ce n'est pas évident, il y en a toujours une qui se sent délaissée. Quatre, ça rétablit l'équilibre. Et puis, Virginia n'est pas dure à aimer ! Nous les avons trimballées partout pendant leur séjour. Du studio à la plage, de salles de spectacles en séances d'enregistrement, en passant par les canyons, le centre-ville et les collines, elles ne tarissaient plus d'éloges sur ma ville d'adoption, si différente de Montréal. L.A. est pourtant elle aussi une ville de béton et d'asphalte ; mais elle est tellement moins grise que tout ce que j'ai connu auparavant ! Les villes sont comme les hommes : tant de choses les différencient, et là réside toute leur beauté. Il y en a une, quelque part, qui ne nous déçoit pas.

Ces temps-ci, Scott me revient réguliè-rement en tête. Il faudrait que je lui envoie une carte postale. Quoique Josh lui donne sans doute de mes nouvelles, de temps à autre.

Les filles m'ont confirmé qu'il fréquente maintenant Amélie.

— Ils ont l'air heureux, déplore Sin.

— Ils vont s'aliéner tout le monde, prédit Christine.

— Qu'est-ce que ça peut bien vous faire ? m'impatienté-je. Le secondaire est fini. Ils ne verront plus personne de l'école. Les gens penseront bien ce qu'ils voudront, ça ne les atteindra pas !

— Je suis perplexe, là, s'étonne Christine. Tu les défends maintenant ?

— Je ne les défends pas, je passe à autre chose, c'est tout. Je ne veux plus en parler. On fait un pacte, O.K. ?

J'ai bien de temps en temps des montées de fiel ou d'amertume. Il m'arrive d'ailleurs de me demander si ce n'est pas ma méchanceté qui a fini par pousser ces deux-là l'un vers l'autre. Mais je veux évacuer la peine.

Je me remémore l'asymétrie du visage d'Amélie, les boucles indisciplinées de sa chevelure. Je voudrais tout savoir de son nouvel amour… mais je préfère tuer la curiosité dans l'œuf.

Je lève les yeux et contemple, autour de

moi, cette bulle où je vis. Je respire un grand coup. La haine ne me sert à rien. Et j'ai écrit suffisamment de chansons noires pour tourner la page.

J'ai souvent eu envie d'appeler mon ex-meilleure amie, mais chaque fois je me suis dit : « Pourquoi ? » A-t-elle jamais cherché à me revoir de son côté ? Peut-être nous recroiserons-nous un jour et pourrons-nous parler de tout cela calmement. Peut-être que non. On verra bien.

Trop souvent, les choses nous cernent, les êtres nous étouffent, et l'on a le sentiment de ne pas être à la bonne place au bon moment. Pour moi, maintenant, c'est tout le contraire. Je suis exactement là où je dois être. Je n'ai pas le moindre doute là-dessus.

19

En cette aube, le seul son qui me parvient est celui des chiens qui aboient et se répondent autour du lac, d'une rive à l'autre. Bouddha est couché au pied du lit. Ça ne l'intéresse pas de s'époumoner, c'est à peine si ses oreilles frémissent de temps à autre. Des miettes de sommeil s'accrochent aux yeux d'Amélie. Son corps est alangui, son souffle, paisible. Je sors du lit le plus discrètement possible et quitte la chambre sur la pointe des pieds, mais les lattes du vieux plancher de bois craquent malgré tout. Je m'attendais à ce que Bouddha me suive; il se hisse plutôt à ma place dans les draps chauds, où il se rendort aussitôt en soupirant. J'aimerais être un oiseau pour voir la tête d'Amélie à son réveil: elle va me trouver bien poilu!

Sa présence ici est un immense cadeau. Je m'étonne encore qu'elle ne m'en ait pas voulu davantage, qu'elle m'accorde sa

confiance. Qu'ai-je à donner en ce moment ?
Mes blessures, mon bagage ? Rien de très
glorieux. Je n'ai pas la trempe d'un héros.

Amélie dit que nous nous sommes trou-
vés, que ce que nous avons perdu au passage nous a permis d'être réunis. J'ai envie
d'y croire.

Nous avançons pas à pas, tranquillement.
D'abord faire le vide dans nos cœurs afin
de les remplir à nouveau. L'été nous y aide.
Loin de la ville, loin des gens, nous nous
apprivoisons sans nous presser. Amélie est
merveilleuse, attentionnée, tendre. Ce que
je prenais pour de la timidité n'était en fait
qu'un calme dont, sans le savoir, j'avais
bien besoin…

Finalement, Nikkie et moi n'étions pas si
bien assortis. Je ne sais pas si un couple qui
se construit sur les décombres d'un autre
peut arriver à se faire entièrement confiance.
Je l'espère. J'aimerais que ça dure, elle et
moi. Amélie a touché mon cœur comme la
lumière, ce matin, frôle le lac.

~

— Je vais chercher des cafés, je reviens
tout de suite !

— Attends, Nikkie, je t'accompagne !

Sin trottine derrière moi en enfilant ses tongs. Mes visiteuses prennent l'avion cet après-midi, leur séjour touche déjà à sa fin.

— C'est fou, il fait déjà super chaud et il n'est que huit heures du matin !

— *That's California all right! I love it!* *

Mentalement, je me répète la liste de la commande : un double *latte* sans sucre, un cappuccino glacé grand format, un filtre aromatisé aux amandes avec un trait de *half & half,* et…

— Tu veux quoi, Sin ?

— Je veux… t'avouer quelque chose. Mais j'ai peur de ta réaction.

Nous nous sommes arrêtées devant la porte du StarLuck's Coffee. J'attends la suite.

— Depuis notre arrivée, je cherche le moment pour te parler, mais il ne s'est pas présenté avant ce matin…

— Lance-toi, ma Sin. Il n'y a quand même pas mort d'homme ?

— Je voudrais que tu me promettes de ne pas me détester.

— Ça doit être grave.

— Assez…

---

* Ça, c'est la Californie ! J'adore !

Pour se donner du courage, Sin entre-prend d'ouvrir un paquet de biscuits sorti d'on ne sait où.

— Tu te souviens de la lettre de Scott? Celle que tu m'avais demandé de déposer dans son casier?

— Oui...?

— Eh bien... je ne l'y ai pas mise.

— Comment ça?

— J'ai paniqué.

— Il n'y avait pas de quoi. Je voulais simplement que Scott sache que je ne l'avais pas lue.

— Justement. Il croit sans doute que tu l'as lue.

— J'imagine, puisque tu ne l'as pas glis-sée dans son casier comme tu me l'avais promis. Pourquoi m'as-tu dit que tu l'avais fait, alors?

— Je ne sais pas...

Elle a l'air désemparée. Elle guette ma réaction, tantôt levant ses yeux vers moi, tantôt fixant le sol.

— Bon, me raisonné-je, ce qui est fait est fait. On ne peut rien y changer, n'est-ce pas?

— Ce n'est pas tout, soupire Sin.

Nous prenons toutes les deux une grande respiration. Elle a besoin de courage et moi, de patience.

— Je l'ai lue, lâche-t-elle enfin.

— Quoi ?

— J'ai lu la lettre. Pardonne-moi, Nikkie, je ne sais pas pourquoi j'ai fait ça !

Sa petite main potelée tremble en me tendant l'enveloppe.

— Tiens, la voici. Je l'avais conservée et je tenais à te la remettre. Ne te fâche pas, je t'en supplie…

Je m'efforce de garder mon calme. Mais je dois tout de même lui dire ce que j'ai sur le cœur.

— Rien ne justifie ce que tu as fait, Sin. Tu m'as joué dans le dos à un moment où j'avais vraiment besoin de pouvoir te faire confiance.

— Oui, mais…

— Tais-toi ! Laisse-moi finir. Tu m'as trahie. Je ne m'explique pas pourquoi tu as lu cette lettre qui ne t'était pas adressée.

Je prends une bonne respiration avant de poursuivre.

— Cela dit… je suis contente que tu aies trouvé le courage de m'en parler.

Sin se met à pleurer. Un gros poids vient de tomber de ses épaules. Elle mérite bien une seconde chance. Et puis, je n'ai plus l'énergie d'être rancunière.

Je lui ouvre la porte.

— Alors, Sin, tu veux quoi?

Elle renifle, puis engloutit le reste de son biscuit avant de me prendre la main et de marmonner, entre deux hoquets, la bouche pleine:

— Che pwendwais bien un echpwecho.

— O.K. Un espresso, un!

C'est bon, pardonner.

20

Scott,

Tu excuseras le kitsch de la carte, je n'ai pas déniché mieux que ces nymphettes en bikini. J'ai envie de partager une primeur avec toi, puisqu'on boucle la boucle tous les deux...

Il existe une légende japonaise à propos des paons. Ce bel animal, qu'en Occident on déclare narcissique et peureux, est en Orient le conservateur du plus beau trésor qui soit. Chaque être possède quelque part son paon, gardien de sa mémoire. Si un homme ou une femme meurt et laisse dans le deuil une personne qui l'a vraiment, absolument, « moléculairement » aimé, cette personne rencontrera le paon et accédera enfin à l'essence même du disparu. L'oiseau lui livrera ses souvenirs, ses secrets chéris afin qu'ils se connaissent enfin sans fard, sans gêne.

Je trouve cela merveilleusement beau. Un magnifique paon déploiera donc ses jolies plumes sur mon mollet d'ici quelques jours... gracieuseté du Spotlittle Tatoo Studio, à Hollywood. Je suis *certaine que tu souris en me lisant. Prends soin de toi.*

Nikkie xoxo

⁓

Quand je me repasse notre histoire, je la vois comme un film, comme s'il s'agissait d'autres personnes. Bien sûr, il y a eu les disputes, l'instinct de vengeance. Mais, comment t'expliquer ? Comment te dire toute la peur au ventre, la peine, l'amour ?

Il faut du temps pour se connaître soi-même, écrit Calvino. À deux, c'est vrai aussi.

Je me sens tellement plus calme aujourd'hui qu'au moment de notre rencontre ! J'ai du mal à croire que c'était bien moi qui tempêtais, qui angoissais. Vivre l'incompréhension de celui que j'aimais est une des choses les plus difficiles que j'ai connues. Des choses fondamentales nous séparaient. Tu es cartésien, je suis artiste et solitaire ; tu es raisonnable, je suis intense ; tu es calme, je suis excessive. Mais aussi, tu voulais expérimenter le sexe et la drogue tandis que moi, j'étais frileuse.

Je ne m'en veux pas, je ne t'en veux pas, je ne *nous* en veux pas. Je t'ai aimé. Cependant, j'avais besoin de vivre à mon rythme. Je t'ai lu, finalement, et je t'ai compris. C'est déjà beaucoup, non ?

Aujourd'hui, je peux affirmer que je suis bien dans ma peau, dans ma tête, dans mon corps. L'amour est le bienvenu quand il veut ! Cette fois-ci, je saurai l'accueillir. J'ai envie d'ouvrir la porte au bonheur. Ce serait une belle volte-face, non ?

∼

Le disque s'intitule *Mujer Paraiso*[1]. Le premier single à tourner à la radio n'est pas une chanson de moi. Prétendre que je ne suis pas déçue serait mentir. Toutefois ce n'est pas un choix du groupe, mais plutôt du *label*[2]. Sur le site Web en revanche, ce sont les premières notes de *Bright Shiny Lights*[3] qui accueillent le visiteur. Et ça, c'est une décision de S & H !

Le soir du lancement, si je suis encore à L.A. — mon séjour tire à sa fin et je n'ai pas encore décidé de la suite des choses —, j'écrirai « *Just believe*[4] » sur la porte des

---

1. Femme paradis, en espagnol.
2. Maison de disques.
3. Lumières vives et brillantes.
4. Il faut croire.

toilettes. Ce ne sera plus le Mur des lamentations, mais celui de la célébration !

Chris et Sin sont reparties à Montréal. Elles doivent faire leur choix de cours à l'heure qu'il est. L'une en biologie, comme on le lui avait conseillé, et l'autre en pâtisserie, à l'Institut d'hôtellerie — ce qui ne m'étonne guère plus : quelle gourmande ! Ma mère a confirmé mon inscription au cégep en Lettres, cela relève de l'évidence ! Entre-temps, je vais sans doute prolonger mon séjour jusqu'à la dernière minute. Je n'ai pas envie de partir. Je suis bien ici... et inspirée. Je reviendrai dès que possible, je me le jure.

~

Adieu complaintes ! Envie de remplacer mes mots d'écorchée par des hymnes à la joie, des tours de carrousels aux couleurs vives, des mélodies rafraîchissantes. Envie d'embrasser les cocotiers, de séduire les mouettes... et de m'essayer au surf !

BRIGHT SHINY LIGHTS
(Paroles: Nikkie – Musique: S & H)

I wanna touch the sky
I wanna climb real high
I wanna surf the wave
I wanna sing my praise
I've got to live my life
I've got to bring it in great highs
I wanna overcome fear and boredom
And let the life rush in

Bright Shiny Lights
In this city
Angels of light
Take care of me

I wanna touch the sky
I wanna be a breeze
A star that shines, never on my knees
I wanna feel the wind lift me high
Never touch the ground, watch me fly!
Holding my own hand
Doing the best I can

Bright Shiny Lights
In this city
Angels of light
Take care of me
Bright Shiny Lights
Here just for me
Angels of light
Take care of me
I wanna touch the sky...

Charlotte Gingras
La liberté? Connais pas…
La fille de la forêt

Marie-Francine Hébert
Série Léa:
Le cœur en bataille
Je t'aime, je te hais…
Sauve qui peut l'amour

Sylvain Meunier
Piercings sanglants

Stanley Péan
L'emprise de la nuit

Marthe Pelletier
La mutante et le boxeur

Maryse Pelletier
Une vie en éclats

Francine Ruel
Des graffiti à suivre…
Mon père et moi

Sonia Sarfati
Comme une peau de chagrin

Achevé d'imprimer en juin 2008
sur les presses de
l'Imprimerie Gauvin,
Gatineau, Québec

L'intérieur de ce livre est imprimé sur
du papier certifié FSC, 100% recyclé.

Sources Mixtes
Groupe de produits issu de forêts bien
gérées et de bois ou fibres recyclés.
www.fsc.org Cert no. SGS-COC-2624
© 1996 Forest Stewardship Council